# ■陸上自衛隊 10式戦車

全長　9.42m
全幅　3.24m
全高　2.30m
総重量　約44,000kg
乗員数　3名
最高速度　約70km/h
行動距離　約300km

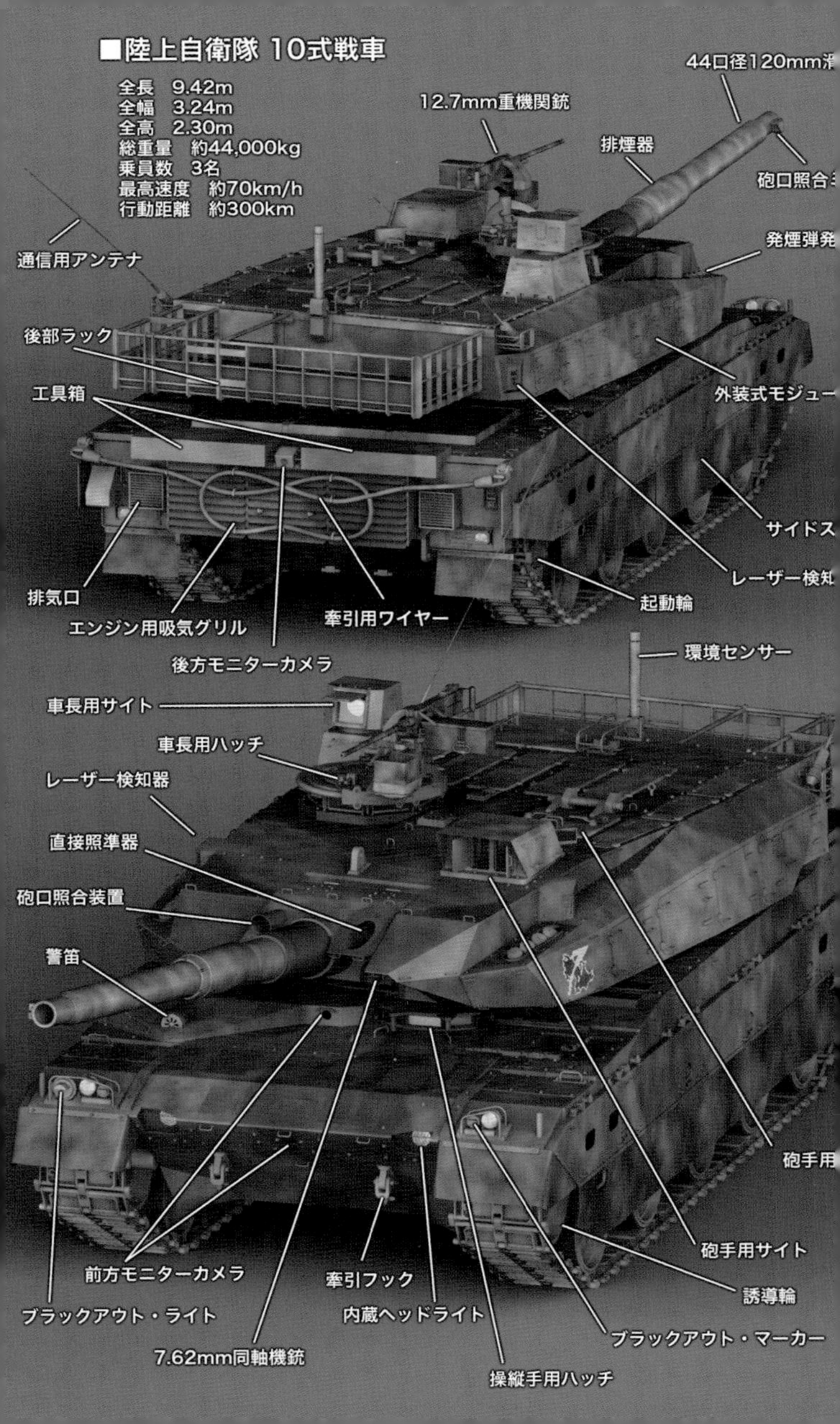

# アメリカ陥落3

## 全米抵抗運動《レジスタンス》

大石英司

*Eiji Oishi*

C★NOVELS

口絵・挿画　安田忠幸
地図　平面惑星

目次

プロローグ　13
第一章　騒乱の後始末　21
第二章　マークスマン　41
第三章　ＬＡ暴動　67
第四章　レジェンド　94
第五章　ＬＡＸ　123
第六章　蘇った亡霊　154
第七章　ターミナルＢ　181
第八章　秘密　209
エピローグ　242

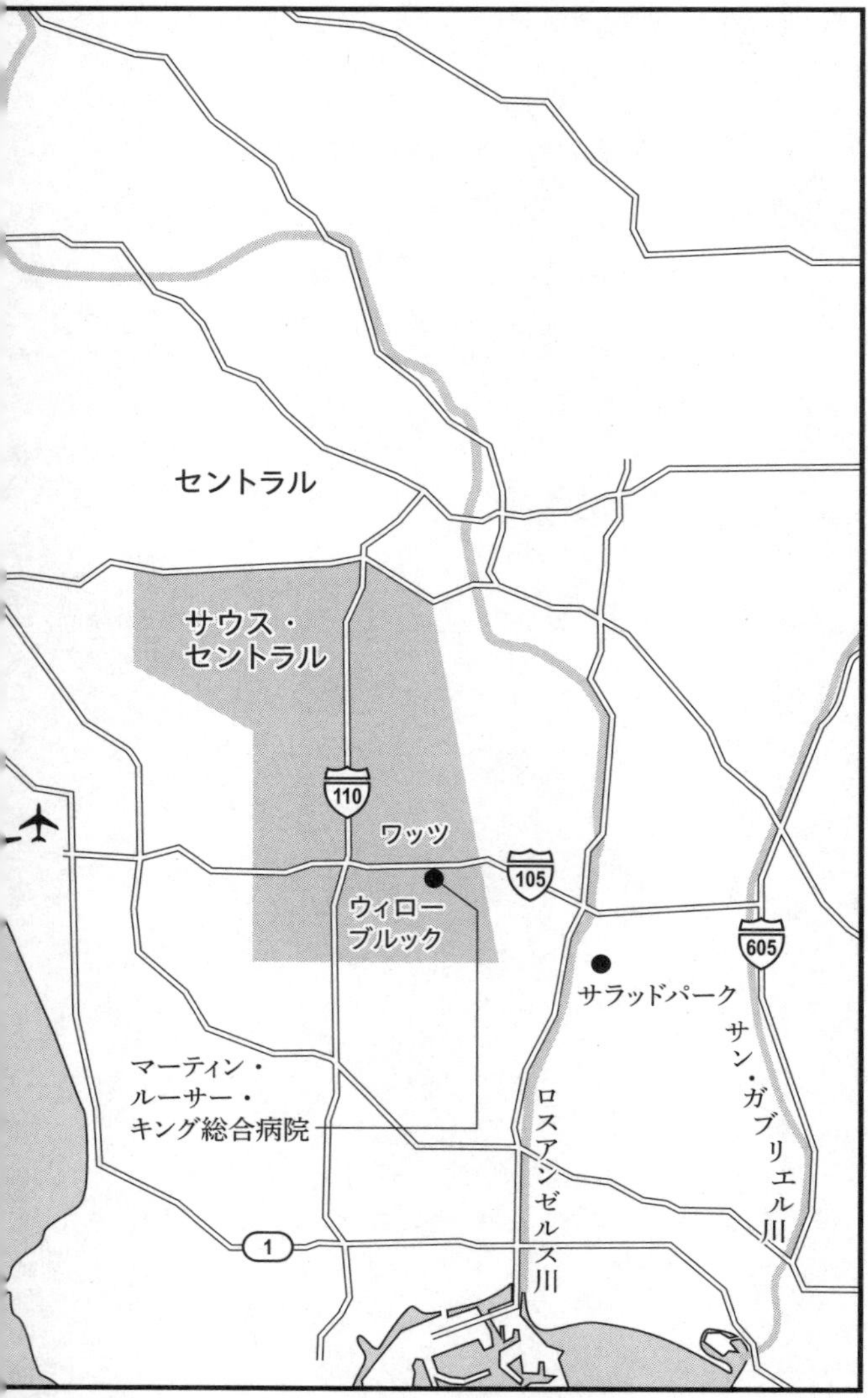

セントラル
サウス・
セントラル
110
ワッツ
105
ウィロー
ブルック
605
サラッドパーク
マーティン・
ルーサー・
キング総合病院
サン・ガブリエル川
ロスアンゼルス川
1

ロスアンゼルス周辺
5km
←至　ポイント・マグー海軍基地
1
サンタモニカ
ロスアンゼルス国際空港
メイン・ターミナル
1
2
3
4
5
6
7
8
西ゲート
ターミナルB
LAFD
80分署
LAFD
51分署
200m

# 登場人物紹介

## 【日本】

●陸上自衛隊

《特殊部隊サイレント・コア》

土門康平《どもんこうへい》　陸将補。水陸機動団長。コードネーム：デナリ。

〈原田小隊〉

原田拓海《はらだたくみ》　三佐。海自生徒隊卒、空自救難隊出身。コードネーム：ハンター。

畑友之《はたけともゆき》　曹長。分隊長。冬戦教からの復帰組。コードネーム：ファーム。

待田晴郎《まちだはるお》　一曹。地図読みのプロ。コードネーム：ガル。

田口芯太《たぐちしんた》　二曹。部隊随一の狙撃手。コードネーム：リザード。

比嘉博実《ひがひろみ》　三曹。田口のスポッター。コードネーム：ヤンバル。

〈姜小隊〉

姜彩夏《かんあやか》　二佐。元韓国陸軍参謀本部作戦二課に所属。コードネーム：ブラックバーン。

漆原武富《うるしばらたけとみ》　曹長。小隊ナンバー２。コードネーム：バレル。

福留弾《ふくとめだん》　一曹。分隊長。コードネーム：チェスト。

井伊翔《いいかける》　一曹。小隊のＩＴエンジニア、通信担当。コードネーム：リベット。

姉小路実篤《あねこうじさねあつ》　二曹。父親はロシア関係のビジネス界の大物。コードネーム：ボーンズ。

西川新介《にしかわしんすけ》　二曹。種子島出身で、もとは西方普連所属。コードネーム：トッピー。

由良慎司《ゆらしんじ》　三曹。ワイヤー（西部方面普通科連隊）出身の狙撃兵。コードネーム：ニードル。

〈訓練小隊〉

峰沙也加《みねさやか》　三曹。山登りとトライアスロンが特技。コードネーム：ケーツー。

駒鳥綾《こまとりあや》　三曹。護身術に長ける。コードネーム：レスラー。
《水陸機動団》
司馬光《しばひかる》　一佐。水機団格闘技教官。
〈第３水陸機動連隊〉
後藤正典《ごとうまさのり》　一佐。連隊長。準備室長。
鮫島拓郎《さめじまたくろう》　二佐。第一中隊長。
榊《さかき》 真之介《しんのすけ》　一尉。第二小隊長。

●航空自衛隊
〈第 308 飛行隊〉
阿木辰雄《あぎたつお》　二佐。飛行隊長。ＴＡＣネーム：バットマン。
宮瀬茜《みやせあかね》　一尉。部隊紅一点のパイロット。ＴＡＣネーム：コブラ。

●統合幕僚部
三村香苗《みむらかなえ》　一佐。統幕運用部付き。空自Ｅ-２Ｃ乗り。北米邦人救難指揮所の指揮を執る。
倉田良樹《くらたよしき》　二佐。統幕運用部。海自Ｐ-１乗り。

●在シアトル日本総領事館
土門恵理子《どもんえりこ》　二等書記官。

●ロスアンゼルス総領事館
藤原兼人《ふじわらかねと》　一等書記官。

## 【アメリカ】

●ＦＢＩ
ニック・ジャレット　捜査官。行動分析課のベテラン・プロファイラー。
ルーシー・チャン　捜査官。行動分析課新人。

●ロス市警
カミーラ・オリバレス　巡査長。ヴァレー管区。

●テキサス州郡警察（ノーラン郡）

ヘンリー・アライ　巡査部長。

●〝ナインティ・ナイン〞

フレッド・マイヤーズ　ＵＣＬＡの政治学准教授。通称〝ミスター・バトラー〞。

ジュリエット・モーガン　動画配信ストリーマー。通称〝スキニー・スポッター〞。

●レジスタンス

ルーカス・ブランク　ＵＣＬＡ法学部政治哲学教授。かつての公民権運動の闘士。

リリー・ジャクソン　元陸軍大尉。ヘンリー・アライとは陸軍時代の同僚。

サラ・ルイス　海兵隊予備役中尉。スカウト・スナイパー指導教官課程出身。

ケイレブ・ジャクソン　無線マニアの少年。

## 【カナダ】

●カナダ国防軍・統合作戦司令部《CJOC》

アイコ・ルグラン　陸軍少佐。日本人の母を持ち、陸自の指揮幕僚《CG》過程《S》修了。

イチロー・カワイ　陸軍軍曹。日系三世。

## 【中国】

●人民解放軍海軍

《東征《ドンヂャン》艦隊》　空母〝福建《フージン》〞（八〇〇〇〇トン）

賀一智《ホヲイーチィ》　海軍中将。艦隊司令官。

万通《ワントン》　海軍少将。参謀長。

顔昭林《イェンジャオリン》　海軍大佐。航空参謀。

杜柏霖《ドゥバイリン》　海軍大佐。情報参謀。

黄誠《ホアンチェン》　海軍大佐。政治将校。

・ステルス艦上戦闘機J-35（殲35）

林剛強《リンカンチィアン》　海軍中佐。編隊長。TACネーム：老虎《ラオフー》。

陶紅《タオホン》　海軍大尉。部隊最若手の女性パイロット。TACネーム：雪豹《シュエバオ》。

《海軍陸戦隊》　075型揚陸艦“海南《ハイナン》”（四七〇〇〇トン）

楊孝賢《ヤンシャオシェン》　海軍中佐。隊長。

張旭光《チャンシューグアン》　海軍大尉。小隊長。

●ロスアンゼルス中国総領事館

侯芸謀《ホウイーモウ》　総領事。

蘇帥《スゥシュアイ》　二等書記官。

## 【韓国】

柳輝昭《ユフィソ》　陸軍退役少将。

李承敏《リースンミン》　陸軍大佐。参謀本部作戦課長。

# アメリカ陥落3　全米抵抗運動《レジスタンス》

# プロローグ

見渡す限りの荒野に、たった一台の車が止まっていた。

その辺りは、ほぼ三六〇度拓けており、遠くに、回り続ける風車の林立が見える程度だった。地表にしがみ付く草木はどれも赤茶けて枯れており、視界を妨げる障害物は無かった。

テキサス州は、まるで焼き尽くされるかのように、灼熱の太陽に弄ばれていた。標高二〇〇〇フィートを超えるスウィートウォーターのこの辺りでも、外気温は華氏一〇五度を超えていた。幸い、空気が乾燥していたので、どうにか耐えられるが、頭上からは強烈な太陽が、まるで狙い澄ましたかのように照りつけていた。人間のみならず、あらゆる生命の存在を拒絶するかのようだった。

一人の刑事と二人のＦＢＩ捜査官が乗る、そのコンテナ型の民間救急車のハッチを開けたが最後、地獄に突き落とされそうな感じだった。

小さな窓に触ってみると、焼け付くような熱さだった。ＦＢＩ行動分析課の新米プロファイラー、ルーシー・チャン捜査官は、この車の外に出て、どのくらい歩く羽目になるのだろうと不安になった。まだしも、電気も携帯もないロスアンゼルスの方がましでは？　と思いつつあった。

救急車と言っても、サイレンはなく、設備も質素だ。壁に輸液ポンプ用のフックと、床には、AEDがあるだけ。左右の壁側に、ベッドを兼ねる長椅子と、中央にストレッチャーが一つ。

運転席にいる青年は、医師だという話だったが、話しかけるな、詮索するなという条件が出ていた。

身長六フィート三インチもあるベテラン・プロファイラーのニック・ジャレット捜査官は、「確か、スウィートウォーターの西外れに、飛行場があったよな？」と、向かいの席に座るスウィートウォーター警察署のヘンリー・アライ巡査部長に尋ねた。

アライと、小柄なチャン捜査官二人分の体重で、ようやくジャレット捜査官一人と釣り合う感じだった。

「そうです。アベンジャー・フィールド。もともとは陸軍の飛行場で、大戦中は、陸軍最大の女性パイロット養成所としても有名でした。今でも小型機が飛んでますよ。六〇〇〇フィート近い滑走路が二本もある。ただ、ジェットは飛べないですね」

「ここはそのアベンジャー・フィールドには見えないぞ？　アスファルト舗装はあちこち剝げ掛かっているし……」

「昔の、農薬散布用の滑走路です。衛星写真で見ても、ちょっとわからないでしょうね。この辺りには、似たような、昔、滑走路として使われていた農道滑走路が何カ所もあります」

「話せ――」

ジャレットは、命令口調で告げた。

「関係者の素性は詮索しないという約束で飛行機を手配しました」

とアライは拒絶した。

「退屈だ！　退屈さの余りに、このドアを開け放ち、外に飛び出しそうだぞ。なあチャン捜査官？」

「はい！ 同感です。このエアコンの冷えた空気を失いたくはない」

とアライ刑事の隣に座るチャンが言った。

アライ刑事は、渋々という雰囲気で喋り始めた。

「リリー・ジャクソン元陸軍中尉……。彼女は黒人で、レズビアンです。僕の、陸軍時代の同僚です。車両部隊にいたのですが、僕は大学進学の学費を稼ぐため。彼女は、通信制の大学に通いながら、なおかつ軍のパイロットも目指していた。当時はもう、軍隊は同性愛にそこそこ寛容な姿勢を示していて、彼女もそれを隠そうとはしなかった。とにかく、努力家でした。僕が寝た後まで勉強し、起きた時にはもう何かのテキストを開いていた。場所がどこだろうと。卒業資格を得ると同時に士官学校へ。陸軍航空隊への入校も許され、僕が軍を辞めた直後、汎用ヘリのパイロットになったと軍仲間から聞きました。民間のエアラインで大型機を飛ばしたいと言っていたので、てっきりそっちへ行ったんだと思っていました。

去年、ダラスで警官向けの講習会があり、僕は一週間、ここを留守にしました。週明け、署に顔を出すと、留置場に彼女がいた。驚きの再会でした。何をやらかしたのか本人に聞こうとしたら、ダラスから有名事務所の弁護士がやってきて、さっさと保釈金を払って彼女を連れ去った。僕は名刺を渡すのが精一杯だった。

署で聞いた話では、一般市民からのタレコミがあり、不審な小型機が、今は使われていない農道滑走路に着陸してくる。麻薬でも運んでいるんじゃないか？ と。それで、麻薬取締局《DEA》と協力して、着陸してきた所を押さえたらしい。機内から、大麻の樹脂のブロックが出て来て、合法化された後とは言え、それは許可業者の話ですから、当然逮捕され、留置場で一晩過ごしたということらしい。

ところが、これも変な話で、大麻を運びたければ、今時は宅配すれば済む。わざわざ飛行機を飛ばすような利益は出ない。それに、ダラスから来た弁護士というのが、民主党系の大手事務所からで、密売人レベルで雇えるようなお安い弁護士でも無かった。そこは、いわゆる公共貢献案件《プロボノ》も手広く扱ってますけどね」

「配管工《プラマー》ネットワークだな」とジャレットがつぶやいた。

「一週間後くらいかな。彼女から短いメールが来た。『思っていた人生とは違うけれど、今の自分の仕事には誇りを持っている……』みたいな内容でした。それ以上、詮索はしなかった。で、僕は昔のよしみもあったので、比較的安全な滑走路、ちょっと危険度が高そうな滑走路は避けるようにと、何カ所か教えてあげました。今回は、その大手弁護士事務所経由で依頼した。向こうはもう携帯も繋がらないはずなのに、なぜか連絡が付いたらしい」

「なんですか？　プラマー・ネットワークって」

とチャンが聞いた。

「プラミングだよ。人と人を繋いで脱走させる。ベトナム戦争時代からの、わが国の伝統だな。もっとも、ウォーターゲート事件で揉み消し工作に当たった連中の方が有名になってしまったが。中絶希望者を、中絶医療が可能な州まで運ぶんだ。カリフォルニア州なんて、そういう脱走ネットワークに、堂々と補助金まで出しているんだぞ。当然、ここテキサスでは中絶は違法だから、大方、カリフォルニアにでも運ぶんだろう。中絶反対派は、クリニックを爆破するくらいのことはしでかすから、何事も秘密裏に動く必要がある」

「ニックは、共和党員でしたよね？」

とアライがやんわりと聞いた。

「だが、原理主義者ではない。私はプロファイラーとして、宗教的に非常に厳格な家庭で育った人間が、シリアル・キラーになるケースを何件も見てきた。だから、そこまで厳格にするのはどうかと思っている。だから、君ら二人とも民主党員だから白状するが、そんなのは、女性の、当人の権利だ。大麻を積んでいたのは、カムフラージュだな。微罪で逮捕はされるが、当局からそれ以上突っ込まれる心配はない。チクッたのはたぶん、それを見張っていた中絶反対グループだろう」

アライは、同意する印に軽く頷いた。

運転席で無線機が反応し、飛行機が降りてくると報された。

しばらくして、双発の小型プロペラ機が降りてきた。パイパー・セミノールは、アメリカではごくありふれた双発プロペラ機だった。

滑走路の端まで走った後、さらに一八〇度向きを替え、エンジンをいったんシャットダウンした。止まっていた救急車のエンジンが入り、機体のそばまで走る。

二〇メートルほど離れて止まると、運転手が降りてきて後ろからドアを開け放った。その瞬間、熱気が襲ってくる。

ストレッチャーを降ろし、機体のそばへと寄せた。客が乗っていた。ぐったりしている様子だった。しかも、坊主頭の女の子二人だった。一人は一五、六歳。だがもう一人は一〇歳になるかどうかだろう。二人とも白人。そして、付き添いの女性看護師はアジア系。

飛行服姿のリリー・ジャクソンが降りてきて、患者が降りるのを手伝った。チャンは、その二人の病人の容貌にショックを受けた様子で、一瞬、表情が固まった。

二人とも、まるで骨と皮だった。すでに眉毛も無く、素肌は透き通るように白い。血の気が無い感じだった。どうかすると、肝臓をやられているみたいに黄疸《おうだん》が出ているようにも見える。きつい化学療法の最中にあることは一目瞭然だった。

一〇歳前後の女の子は、すでに歩く体力もなく、輸液のチューブが付いたまま、リリーに抱きかかえられて、ストレッチャーに乗せられた。

「すまない、リリー。無理を頼んで！」

「いいのよ。どうせ帰りは空荷だから。早く乗せてあげて！　この熱気は辛いわよ」

「ミラクル7に伝えてくれ。こちらの受け入れ態勢がそろそろ限界に来ていると。電気はまだあるが、薬が底を突きつつある。できれば、今後の受け入れに関しては、一緒にそれなりの量の薬も遣《よこ》してほしいと。全米中から、重症患者が押し寄せてくる」

運転手が少女のバイタルをチェックしながらリリーに話しかけた。

「わかっているわ。でもあっちももう大病院の自家発電が尽きそうなの。薬のことは、優先度が高いものから連絡して下さい。さあ、お客はさっさと乗って！」

一番小柄なチャン捜査官をコクピットに座らせた。ジャレットとアライは後部座席に着く。

「リリー、去年は指輪をしていたはずだが？」

「ヘンリー、いきなりそれ？　同性愛者の結婚はなかなか上手くいかないのよ」

「これは、君の機体なの？」

「いいえ。ある篤志家が、とある団体に寄付してくれた。私はそこの専属パイロット。この機体の燃料代は、実は州政府から出ているけれど、それでも、法執行機関の人間を乗せる日が来るなんてね……」

看護師も乗せた救急車が出発するのを見守る。

「あっちはどんな状況なのかね？」

とジャレットが聞いた。

「郊外の飛行クラブはどこも大忙しですよ。カリフォルニアから脱出する金持ちを乗せた機体がひっきりなしに飛び立っていく。直《す》ぐに飛行場の燃料も尽きるでしょうが」

「どこへ逃げるんだね？　ここテキサスは、避難民の受け入れを拒否しているし」

「ここも降りる場所はどこでもあるし、たとえばコロラド州みたいな、西海岸から近くて、人口も少なそうな所ですね。自分はもっぱら、小児癌患者を州外に移送する任務に当たっていますが。まだ安全な州、受け入れ余力がありそうな都市の情報が出回っています」

「ネットもダウンしているのにどうやって？」

とチャンが聞くと、リリーはフフッと笑いながら、エンジンを始動した。

大統領選挙の有効性を巡る各州の大陪審判決に端を発した暴動は、全国に波及し、ワシントンDCは暴徒鎮圧の催涙ガスが充満し、政府職員は官庁街を脱出。ホワイトハウスに立て籠もる大統領は、英国軍海兵隊に守られる有様だった。真っ白だった議会議事堂も、すでに炎上し、今は真っ黒に燻《くすぶ》っていた。

全土の主要都市で大停電が起こり、暴動の規模が最も大きかったニューヨーク、マンハッタン島は略奪の街と化し、市民が我先にと脱出を争っていた。島外へと出るトンネルも、橋も焼け落ち、その炎はまだ燻っている。

ロシア人傭兵集団が仕掛けた山火事も全土で発生し、高温乾燥が続く北米の山々を燃え上がらせていた。

NATO軍部隊は、党派対立に巻き込まれて出動が禁じられたアメリカ軍に代わり、全米の主要都市で活動し、治安維持や自国民保護に当たっていた。

四〇万人もの在留邦人を抱える日本もまた、訓練中の部隊や、新たに派遣された部隊で、邦人保護任務を開始していた。だが、テキサスなどごく僅かな州を除き、全米の電力も、もちろんインターネット網もダウンし、邦人がどこでどんな避難生活を耐え忍んでいるのかすら不明だった。

アメリカは、国家としての統治機能を喪失し、無法地帯が少しずつ拡大し、ディストピア化しようとしていた。外からの軍事侵略ではなく、内側の対立で破滅しようとしていた。

# 第一章　騒乱の後始末

アメリカ合衆国北西部ワシントン州は、カナダ国境に隣接する。人口のほとんどは、北西部の、ピュージェット湾沿いのシアトルを中心としたIT革命で発展したエリアに暮らしている。レーニア山を擁するカスケード山脈の東側にはコロンビア盆地が広がる。盆地の西側は、ほとんど何もない。陸軍のヤキマ演習場と、夏の過ごしやすさを活かした厩舎経営。だが東側には、広大なプランテーションが広がる。

西海岸から三〇〇キロ内陸部に入った人口八千人余りのクインシーという町に関して、昨日まで、その存在を誰も知らなかった。とりわけ日本人には全く馴染みのない町だった。

南西には、ヤキマ演習場があり、そこは自衛隊関係者には知られていたし、南東には、モーゼスレイクという航空機用のテスト・フィールドがあり、これは航空業界の関係者には知られていたが、クインシーは、どこかの都市と都市を結ぶ中継地点というわけでもなく、ただプランテーションが広がるだけの小さな町だった。

この町を暴徒から死守するよう命令が下った時点ですら、派遣される部隊の隊員らは誰も、そこに何があるのか、何を守るべきなのか全く知識を持ち合わせていなかった。

クインシーには、ＧＡＦＡＭはもとより、日本の名だたるＩＴ企業も巨大なデータ・センターを持っていた。安定した電力供給と、サーバーを冷やすための水が豊富だったからだ。そして、トップ・シークレットだったが、アメリカ国家安全保障局《ＮＳＡ》が、それらＧＡＦＡＭと契約し、ＮＳＡが収拾したデータの全てをそれらの施設に預けてもいた。

　あらゆる意味で、クインシーは、アメリカのＩＴ社会の心臓部であり、国家の生命線だった。しかし、ＮＳＡの存在は極秘であり、そこを守る部隊も存在せず、僅かに配置されたＮＳＡの保守チームは、ドローンを自在に操る地元高校生らの協力も得て、ヤキマから自衛隊部隊が駆けつけるまで持ち堪えた。

　最後には、中国海軍正規空母を飛び立った戦闘機による対地ミサイルの攻撃もあったが、それもどうにか躱《かわ》した。

〝セル〟もしくは〝99パーセント〟を名乗る暴徒らは、津波のような大群となって町を襲ったが、間一髪で自衛隊部隊が間に合った。そして最後は、飛来したＢ‐２ステルス爆撃機が、雨あられと誘導爆弾を投下し、数千名もの暴徒を薙ぎ払い、夜通し続いた攻防は決着した。

　断水し、停電が続いていることを除けば、クインシーは、いつものクインシーだった。住民のほとんどは、整然と区画整理された住宅街で一晩を耐え凌いだ。ロシア人の傭兵集団が放火して回ったが、消防隊は殉職者を出しつつも必死の消火活動で延焼を防いだ。

　町を守って戦った自衛隊側にも戦死者が出ていた。それも三名も。襲撃者グループは、それなりに組織化され、重機関銃まで持っていた。何より、自衛隊を恐怖させたのは、彼らが死を恐れていなかったことだった。

一部は明らかに薬物をやっていたが、一部は、自分らの負け犬人生を終わりにしたがっているようにすら見えた。自暴自棄な攻撃に、こちらも犠牲を払わざるを得なかった。

陸上自衛隊〝在留邦人救難任務部隊〟はクインシーの町の南西角にある教会前の駐車場に陣取っていた。日系人神父がいる教会には、日本や韓国、台湾から派遣された駐在員らが避難していたが、全員が、陸自のオスプレイ二機で、ひとまずヤキマへと運ばれた。そこからは、各国の民航機で脱出する手筈になっている。

だが、中国の空母艦載機がカスケード山脈上空で自衛隊機と交戦状態に入ったことから、その作戦もすんなりとは進んでいなかった。その前夜、シアトル沖で、解放軍戦闘機による露骨な脅しを自衛隊機が受けたことから、中国政府に対して、民航機の安全を保証せよ、という声明がアメリカ政府を含む関係各国から出されていたが、中国政府からの応答はなく、逆に、中国同胞のアメリカ脱出を妨害するな、という抗議が出ていた。

現状では、自分たちの手で、航空路の安全を確保するしか無かった。

第一空挺団・第四〇三本部管理中隊付き、その実、特殊作戦群特殊部隊〝サイレント・コア〟の指揮を取る土門康平《どもんこうへい》陸将補は、指揮車両〝メグ〟とライフサポート車両〝ジョー〟を並べた間に張ったタープの下にいた。

教会のすぐ外では、ラウンドアバウトの十字路を封鎖した尖塔の一部撤去作業が始まっていた。鐘が鳴っていた教会の尖塔を、ＪＡＳＳＭ‐ＥＲ巡航ミサイルで制御崩壊させ、敵が突っ込んでくる道路を封鎖したのだった。

けが人を乗せた暴徒の車がひっきりなしに入っ

てくる。すぐ近くに大きな病院があった。彼らは、教会から五〇〇メートル手前の州兵のバリケードでいったん止められ、武装解除に応じたものだけが、通行を許されていた。

〝メグ〟＆〝ジョー〟二台の指揮車両自体がすでにカムフラージュ・ネットで隠されている。上空三〇〇メートルをドローンが飛んでもわからないほど、巧みな偽装だった。

そのネットの下で、車体に貼り付けた太陽光パネルが、そこそこの電力も生産していた。今は、日本企業が過去に教会に寄付したらしい太陽光パネルの電力も貰っていた。

標高四〇〇メートル、気温は高い。爆撃による影響で、あちこち道路が寸断され、ここまでやってくる暴徒ももういなかった。

何より、隣の州から派遣された州兵一個中隊がようやく到着し、自衛隊は任務から解放されつつあった。

土門は、部隊のナンバー2、小隊長の姜彩夏《かんあやか》二佐が携帯用ホワイトボードに書き出した進行表を一瞥した。

「ここからの邦人避難はオスプレイ二機による二回のフライトでようやく完了。仲間の遺体も一緒に運び出せた……。残念ながら、肝心のヤキマ、シアトルからの民航機の離陸許可はまだ出ない。それで、どうせ中国が色よい返事はしないだろうという前提で、航空自衛隊が、空中早期警戒管制指揮機《AWACS》と、戦闘機部隊を出すそうだ。エルメンドルフに向かうのか、それともワシントン州に展開するのかはまだ聞いていない。これで、味方のヘリ空母部隊も少しは楽になるだろうし、ロシアが手出ししてこなければ、民航機は、アリューシャン列島沿いに日本まで辿り着ける。

次に、戦死者と重傷者の件だが……」

と土門は、もう一個小隊を預かる原田拓海《はらだたくみ》三佐に振った。

「はい。残念ながら戦死者三名、重傷五名です。他に、後送の必要は無いものの、手当が必要となった負傷者が十数名です」

「重傷者は大丈夫なの？」

「現状では、生命に危険が及ぶレベルの負傷ではありません。腕や足をやられましたが、切断まではいかずに済むでしょう。ただし、治療を終えて復帰しても、現場部隊への復職が可能かどうかは不明です」

「ご遺族への連絡の手筈は？」

とパイプ椅子に腰を下ろす第３水陸機動連隊の面々に質した。最前列に座る連隊長の後藤正典《ごとうまさのり》一佐が身を乗り出した。

もとはと言えば、編成中の一個中隊が、ヤキマで訓練中のところを、周辺地域の治安維持に駆り出されたことが発端だった。

「水機団本部で、全て対処してもらいます。日本時間は今深夜。ここでの戦闘は、外報を含めて、まだいっさい、いかなるニュースにもなっておりません。日本時間の明日、ご遺族に報せがいきます。訓練中の事故という形にするか、それともここでの戦死という形にするかは、防衛省が考えるでしょう。答えはまだ聞いていません。各小隊長と、十分な時間を取って一人一人と話しました。士気は旺盛です！　想定した戦場と敵でもありませんが、われわれはまだ十分戦えます」

「ざっくり言って一個小隊分の隊員がいなくなったわけだが、一個小隊分解して、各小隊に隊員を割り当てる必要はないかな？」

「そのことも、合わせて話し合いました。最大で一名戦死、二名脱落の小隊には、無傷な部隊から人員を補充します。他は大丈夫そうです。戦死や戦線離脱した仲間の分まで皆でカバーし合えると」

「その意気込みは立派だけど、一個中隊で一個小隊の兵力が減じたというのは大きいよね？」

「しかしその分は、陸将補の部隊がいてくれます。大げさで無く、大隊規模の戦力を持つ」

「だが、われわれもいつまで同行できるかはわからないし。水機団本部に、人員補充を上申したいがどうだろう？　ヤキマに入った、無傷な中隊から割くという手もあるが……。どこから隊員を連れてくるかはともかく。連隊長から願い出ることに不都合があるなら、私から申し出る」

「お願いします。率直な所、自分の口からそれを言って、戦闘力を喪失したと団本部を誤解させたくありません」

「了解した。次に、このコロンビア川沿いのクレセント・バー・リゾートだ。暴徒の首魁、バトラーの呼びかけで今も群衆が集まりつつある。州兵はあちこち道路を封鎖しているが、徒歩ですら辿り着こうとする奴らがいる。現時点で二万前後の群衆が集まっているようだ。さすがに、この数を爆撃は出来ない。ただの避難民もいるだろうしな。アメリカは、ひとまず電波妨害部隊を密かに派遣して、奴らのラジオ放送を止めさせようとしているが、それもあまり上手くいってないようだ。バトラー自身は爆撃を生き延びたようだし」

「われわれにも、この群衆の攻撃は無理です」

「同感だ。ただし、アメリカも手を打ったらしい。いったん捕虜を取り、再度クインシーへの攻撃を試みるようなら、再び絨毯爆撃で応戦すると警告して逃がしたとのことだ。クインシーを諦めるとしたら、次に彼らが向かうのは、その東のスポケーン辺りだろう。クインシーを経由しないとなると、だいぶ遠回りにはなるが。いずれにせよ、この数の暴徒を相手に立ち回るには、それなりの数の兵隊がいる。われわれの出る幕はないと考える。われわれは、エレンズバーグを経由していったんヤキマまで下がろうと思う。第一に、ここクインシーが、守る価値がある場所だということはわかった。また何かあれば、ヤキマからならそれなりの時間で応援に駆けつけられる。第二に、君たちには休養が必要だ。ヤキマならそれが可能だ。第三に、われわれの本来業務である在留邦人の救出も、長い滑走路を持つヤキマ拠点なら全米への移動も楽だ。足さえ確保できればな。第四に、引き続きヤキマの治安維持に貢献できる。実は、米政府とカナダ政府の協議で、カナダ国防軍をシアトルに入れる作戦が立てられているそうだ。まずは、避難民が殺到しているバンクーバーの治安を確かなものとした後に、国防軍が国境越えし、シアトルの治安を回復し、さらに南下してタコマ、ポートランドと治安を回復する。つまり、ワシントン州の治安回復と維持は、カナダ国防軍が責任を持つということだ。対してわれわれ自衛隊への依頼は、カリフォルニア州の治安回復だ」

「それはまた……」

と連隊長が仰け反るような仕草で絶句した。

「自分の記憶によれば、カリフォルニア州の面積は日本列島の総面積より広く、ロスアンゼルスは、ここから一四〇〇キロも離れています。オスプレイで飛んでも三時間は掛かります。挙げ句に、沖合には中国海軍艦艇がうようよしている。そんな所の治安を回復しようとしたら、正規部隊としての師団が何個も必要になる」

「それが必要なら、やるしかないだろうな」

「普段から、銃とドラッグが溢れ、電気もないエリアの治安回復なんて……」

「全く同感だ。こいつはちと無理な相談だと思う。

で、いろいろ考えているのだが、サンフランシスコはいったん捨てようと思う。もしカナダ国防軍が無事にワシントン州の治安を回復してくれるなら、南北から挟み撃ちにする形で、サンフランシスコの治安維持に取り掛かれば良い。米政府としては、人口が多い加州の治安を一刻も早く回復して、全米が避難民で溢れかえっている状況を緩和したいという所だろう。加州は、もともと民主党の牙城であるし、アジア系も多いから、自衛隊による治安回復が有効だろうという目論見もあるだろうな」

「具体的には、どういう方法で……」

「ロスアンゼルスの西に、ポイント・マグー海軍基地がある。長い滑走路に、ありとあらゆる海軍の兵站基地が集まっている。そこは軍事基地があることで、そこそこ治安維持ができているという話だ。ポイント・マグーを拠点にしてロスアンゼルスを攻略する。もちろん、他にアイディアがあったらいくらでも聞く」

「東京起点に考えても、補給便は千キロ余計に飛ぶことになります」

「そうなるだろう。だが、ロスアンゼルスは、現実問題として、多くの在留邦人が留まり、全米トップというか、世界で最も邦人滞在者が多い都市でもある。七万人もの邦人のほとんどが脱出出来ていない。われわれはそこに行くしか無いし、ごぼう抜きで邦人を助けている余裕もないとなれば、都市ごと治安回復に掛かるというのは、それはそれで合理的だろうと思うし。実際、それが可能であれば、ロスアンゼルスを起点にして、西部から東へとアメリカの治安を回復できる。マンハッタンのあの大混乱を考えると、東部からの治安回復の見込みはまずないと考えて良い。NATO軍部隊が本格介入でもしなければな。もちろん水機団全連隊が出動することになるし、本土から呼べる飛行機は全部呼ぶことになっている。オスプレイはもとより、CHも。到着には時間が掛かるだろうが」

「西海岸沖の中国海軍はどうするのですか?」

「米側は、某《なにがし》かの意志表示はするだろう。NSAのデータ・センターにミサイルを撃ち込もうとしたんだ。そういう時に黙って見逃すようなアメリカじゃない。護衛の駆逐艦の一、二隻は沈めて報復するだろう。それで解放軍が下がるかどうかはわからないが。いずれにせよ、今日はヤキマまで下がって終わりだ。演習場で、シャワーでも浴び、温かい飯を食って寝るだけ。休みながら作戦を考えよう」

土門は知らなかったが、その巨大な演習場は、万単位の避難民を受け入れ、すでに彼らが帰る場所は無かった。

第3水機連隊一個中隊と土門の二個小隊は、州兵が乗ってきた軍用トラックを借り、コンボイを組んで、一路ヤキマへの帰路に就いた。

航空自衛隊・第308飛行隊で最も若い、しかも女性パイロットであるTACネーム〝コブラ〟こと宮瀬《みやせ》茜《あかね》一尉をたった一人乗せたV-22〝オスプレイ〟は、洋上を二時間近くも飛び続けた。途中、中国海軍の監視から逃れるため、大きく二度、針路を変えた。

その機体は、真っ黒な胴体で、凡そ自衛隊機には見えなかったが、胴体と、垂直尾翼に、白く縁取りされた巨大な日の丸を描いていた。

日本へ向けて調整中だった、メーカー出荷前の機体を現地受領という形にして入手した。ペイントは、大量に余っていたらしい黒い塗料が塗られ、しかしアメリカ人が中国軍機と間違わずに済むよう、巨大な日の丸が描いてあった。

戦闘機パイロット一人のために貴重なオスプレイを飛ばす余裕は無かったが、今はそうする必要があった。彼女は、解放軍の空対地巡航ミサイルと刺し違えて貴重な戦闘機を失ったのだ。百億もする新品の機体を。懲戒処分は免れなかった。

彼女は、唯一機体から持ち出せた航空ヘルメットを小脇に抱えたまま医務室へと直行した。持ち出せたというより、ベイルアウト時に被っていたから当然なのだが。ヘルメット・マウント・ディスプレイ装備のオーダー・メイドのヘルメットは、彼女の頭部を3Dスキャンして作られた。この通貨たたき売りの円安状況では、都心のタワマン一部屋が買えるお値段だった。

西海岸沖を遊弋《ゆうよく》しているヘリコプター搭載護衛艦DDH‐184〝かが〟（二六〇〇〇トン）に着艦すると、医務室へ直行し、防衛医官の問診を受けた。任務復帰に問題なしの診断書を作ってもらうと、飛行隊長の阿木辰雄《あぎたつお》二佐が現れ、「ちょっと席を外してくれ」と医官に命じた。

いつにもなく険しい顔をしていた。

「座ったままで良い。気分はどうだ？」

「ええまあ、特には……。機体を失ったことはお詫びします」

「状況報告は受けたし、なぜか陸自はAESAレーダーのデータを持っていて、それはすぐ空幕にも提供され、君がミサイルに突っ込んでいった場面も記録されていた」

「突っ込んだわけではありません。自分としては、機体を守りつつ、ミサイルをひっくり返せるつもりだったのですが、少し、手際が悪かったようで……。辞表はいつでも書きます」

「空幕長はカンカンだ！　当たり前だよな。買ったばかりのピカピカの戦闘機をただの金属屑にし

84

たのだから。パイロットも失い掛けた。君は、NSAってところを知っているか？」

「三沢にいる連中ですよね。電波情報収集が任務の」

「そこの長官が、今朝方、防衛大臣に電話を掛けてきた。東京ではまだ夕刻だったらしいが。その後、空幕長にも電話があったらしい。長官は、アリムラ大将とか言うんだそうだ。あのカミカゼ攻撃でミサイルを叩き墜したことで、NSAのデータ・センターが救われた。金銭で換算できないほどのとても貴重な資産が守られた。軍人として、また日系人として、こういう時、自衛隊ではどういう処分になるかは、それなりに知っている。だが、あのパイロットは間違い無くアメリカを救った。ことが収まったら、それなりの勲章を授与されることになる。そういうパイロットが、一方で部隊から処分されたり、辞表を書かされたりとあっては、日米関係に深いひびを入れることは避けられないだろう。なお、失った機体に関しては、海兵隊納入予定の最新バージョンの機体を直ちに〝かが〟に届けさせる。個人的にも、私からの感謝を伝えて欲しいと——。そこまで言われては、同盟国として何も反論できないだろう。君がオスプレイを降りた時、燃料補給の間に、アメリカ人パイロットが二人乗り込んだ。実は、その機体はすでに届いている。なんと二機も！　ソフトウェアから何もかも最新バージョンだ。うちがあれを手に入れるのは、最短でも五年後だと思っていた。マニュアルを読んでおけ」

「つまり……、お咎めはナシですか？」

　と宮瀬は半信半疑な顔で訊いた。

「今はな。将来にわたってどうかは、俺が決められることじゃない。詳細な任務報告書を書き上げてから休め。空幕から矢の催促だ。あと、ここだけの話だが、あの時、君にP‐1の護衛を命じ、自分がJ‐35戦闘機を追い掛けたとしても、同じ選択をしただろう。カミカゼはどうかと思うが、そこに至るまでの君の戦術にミスは無かった。できれば今日中のどこかで、飛行隊全員集まって、状況報告会を行う。その用意もしておけ」

「何度も申しますが、カミカゼの意志は全くありませんでした。熟考する暇無く判断を迫られた末の行動です」

「二度とそんな状況にならないよう、万全な作戦を用意するしかないな。この問題で、ミスがあったとすれば、敵が出てくるとわかっていたのに、四機しか出せなかった私のミスだ。せめてもう二機、飛ばすべきだった。その余裕が無かったから断念したが……」

宮瀬が椅子から立ち上がって姿勢を正して敬礼した。

「ご迷惑をおかけしました。感謝します」

「部隊の皆も、口にはしないが、顔には出ていた。自分でも同じことをしただろうと。それじゃ困るんだがな。立場上、正しい選択だったなんて私にはとても言えない」

艦内スピーカーから、「戦闘機の発進に備えよ！」と警報が二度繰り返された。艦の針路が変わり、速度が上がる。しばらくすると、エンジン音を轟かせて、二機のF‐35B戦闘機が発艦していった。

ヤキマで、始末書というか、任務報告書の下書きを書く時間はたっぷりあった。あとはパソコンに打ち込むだけだ。三〇分もあれば終わる。三、四時間は眠れるだろうかと、宮瀬は思った。

ロスアンゼルス南方にあるロス・アラミトス陸

軍飛行場が見えて来ると、チャン捜査官が身を乗り出して外界を見遣った。モザイク状の街並みがどこまでも続く。そのあちこちに無数の火の手が上がっている。赤い炎と、そこから立ち上る黒煙は、数十本に及び、上空で雲を作っていた。よく見ると、燃えているのは住宅ではなく車だった。あちこちで車が燃えているのだ。

彼女が生まれ育ったシカゴも似たような街だが、ここも大都会だ。ロスアンゼルスの中心がどこで、自分たちがどこに降りようとしているのか皆目見当も付かなかったが。

ただ、滑走路が見えてくると、飛行場のフェンスに沿うゴルフ場の緑の上に、色とりどりのテントが張られているのが見えた。まるで巨大なキャンプ場か、オンシーズンのビーチを見るような感じだった。

飛行場を囲むようにゴルフ場が広がっていたが、もう全く隙間がないほどにテントが張られている。恐らく、軍事基地近くということで、避難民が集まったのだろう。

リリー・ジャクソンは、管制塔とやりとりすることもなく、東側から進入して着陸した。この手の手順は知らないが、軍隊の規則に則るなら、これはヤバイことになりそうだとアライ刑事は思った。

滑走路途中の誘導路に入ると、左エンジンを絞り、右エンジンを切ってドアを開けさせた。

「さあ、降りて降りて！」

「僕らのこと、連絡行ってないの？」とアライは聞いた。

「さあ。どうかしら。誰か伝えたはずだけど」

とジャクソンは、胸ポケットから紙切れを一枚出してアライに手渡した。

「衛星携帯の番号に、アマ無線の周波数とコールサイン。それと、いざという時の偽装オフィスの住所をメモしておいた。でも衛星携帯はまず繋がらないと思った方が良いわ。この街では所有者が多すぎるから。私と連絡が付けば、近くの飛行場まで迎えに来る。でも貴方はここの生まれだから知っていると思うけれど、ロスアンゼルスは飛行場が少ない街よ。そこは考えて行動してね」

「わかっている。世話になった！」

最後にアライが降りてハッチを締める。機体から離れると、パイパーは、そのまま誘導路を走り、隣の滑走路に進入というか、侵入して離陸していった。

確かにロスアンゼルスは人口比で考えれば、民間空港というか、この手の小型機が利用できる専用の飛行場は少ない。彼女のこの機体はいったいどこに定置しているのだろうと思った。

機体が離陸していくと、ようやく基地施設側からハンヴィが一台走ってきた。ルーフの銃座から軽機関銃の銃口がこちらに向いていた。

「ま、ここは戦場だからな……」

とジャレット捜査官が両手を挙げてホールドアップの姿勢を取った。

ハンヴィは誘導路の入り口で止まり、兵士が「跪《ひざまず》け！　両手は頭の後ろに！」と命じた。

「ここ、涼しくはないですね……」

と首の後ろで手を組むチャン捜査官がぼやいた。滑走路と滑走路の間に生えた雑草の上に陽炎《かげろう》が立っていた。

「いやぁ、テキサスよりは涼しいと思うよ。圧倒的に」

とアライ刑事が応じた。五分ほどその姿勢のまま待たされた後、もう一台のハンヴィが現れた。運転してきた白人の若い女性中尉殿が、三人のバッジを確認して、兵士に狙いを外すよう命じた。

「渉外担当のナンシー・リーバイ中尉です。まさか管制とのやりとりもなく着陸してくるとは思わなかったので、出迎えが遅くなりました。車にどうぞ。ただ、こちらとしてもたいしたサポートは出来ないのですが……」

武装したハンヴィに守られ、中尉自らの運転でゲートへと向かった。

「中尉。見た所、ヘリはほとんど全機が地上にいるようだが？」

とジャレット捜査官が尋ねた。ブラックホーク・ヘリやカイオワ汎用ヘリが、十数機エプロンに駐機していた。機体の周囲に兵士の姿は無かった。

「はい。事実上の飛行禁止命令が出ています。騒乱鎮圧のための出動許可は出ておりません。昨日、議会関係の要人救出で何度か飛んだだけでしたね。現場はいろいろと燻っているけれど、誰かが口を開けば、民主共和の喧嘩になる。噂では、他所《よそ》の基地ではそれでもう実弾が飛んで犠牲者も出ているとか」

二台のハンヴィは真っ直ぐゲートへと向かった。チャン捜査官は、軽機関銃一挺の護衛で大丈夫かしら……、と不安になったが、ハンヴィは、正面ゲートの少し手前で止まった。

その正面ゲートには、土嚢が積み上げられ、銃座が出来ていた。そこに据え付けられているのは、軽機関銃ではなく、フィフティ・キャリバー。兵士も二個分隊が配置に就いていた。物々しい警戒だった。

目立たない場所で車を降りて、しばらく歩いた。

「それが、ペンタゴンを通じてＦＢＩ本部に連絡しているはずなのだけれど、未だにＬＡのＦＢＩ総局と連絡が付かないんです。たかが三〇マイルしか離れていないのに、われわれ、互いの無線周波数も知らないんです」

フロントガラスに銃痕が残る乗用車が止まっていた。フォードの四駆、エクスプローラーだった。その銃痕は七、八カ所あったが、全てダクトテープで塞がれていた。外側から塞いだようだった。

そしてその銃痕はエンジン・ルームにも、運転席側のドアにもあった。

「ご免なさいこれ……。ああでも、撃ったのはアサルトで、エンジン周りは無事です。ただエアバッグは全て作動した後なので、そこだけ注意して下さい。基地ゲートを突破しようとした車を銃撃しただけです。シートとかの血糊はそれなりに綺麗にさせましたから」

「良いね！　これ――」

とジャレットが覗き込んだ。フロントガラスの内側には、まだあちこち飛び散った血糊が付いていた。

「護衛とか……」とチャンが小声で言った。

「それが、何しろ正式な命令系統でその要請が届いていないので。でも燃料は、まっすぐ走れば、官庁街までは持つはずです」

「ところで、中尉。君はいくら賭けたんだね？」

とジャレットが唐突に尋ねた。

「ええとですね……、みんな三マイルが限界だとか、せいぜい頑張って一〇マイルだろうと言うんですけれど、それでは寝覚めが悪くなるので、私は二〇マイルに五ドル賭けました。ただ、あまりに不公平というか、どう考えても五マイルも持ちそうにないので、銃を用意しました。ダットサイト付きのM‐4を二挺と、ピストル一挺。マガジンもそれなりに付けましたから、頑張って下さいとしか」

「三人全員が無事に辿り着いたら、その掛け金は全額プレイヤーが貰うということで良いな？」

「もちろんです！　ご無事を祈っております」

ジャレットは、ゲートを守る防御陣地の兵士に視線をくれた。

「ヘルメットは要らん。防弾チョッキを三人分遣せ。君らどうせ基地内にまだ予備があるだろう？」

中尉は、そこを守っていた分隊長に掛け合い、三人分のプレート・キャリアを確保してくれた。マガジンに、スモーク・グレネード。本物のグレネードがポーチに入ったままだった。

「一応、返して下さいね」

「頑張るよ」

三人は、プレート・キャリアを装着した。アライが、チャンが着たブカブカのそれを調整してやる。そして、適当に乗り込んだ。アライ刑事が運転席、チャン捜査官とジャレット捜査官が後部座席に。それは、二挺のM－4A1カービンが、助手席の足場に立てかけてあったからだった。

「ニック、誰が運転して誰が助手席に座るべきか五秒で決めて下さい」

「襲撃者の立場で考えると、前席に女性がいれば、これはチョロいとなる。逆に私のような大柄な男がいれば、何秒か迷うことになる。一方、君はもうロスアンゼルスの地理は忘れただろうが、その若さで俊敏な運転が出来る。私は軍隊経験はないから、軍隊行動は取れない。だが、私のような大柄な男が、銃口を窓の外に出していれば、嫌が上でも目立つ。襲撃者はまずそこに注目する。したがって、チャン捜査官は後部座席で姿勢を低くし、スマホのナビで誘導。私が助手席でM－4を持つべきだな」

ジャレットは助手席へと乗り換え、M－4一挺を後ろのチャン捜査官に手渡した。

「撃ったことあります？」とアライがジャレットに聞いた。

「あるよ、訓練で。だが、私のような大男ですら、連射すると銃口が跳ねるな。君の時代はもうM-4だよな?」

「ええ。問題ありません。しかし撃たずに済むことを祈りましょう」

車のエンジンを掛ける。燃料は不安だが、リトル・トーキョーの近くまで辿り着ければ、あとは徒歩でも何とかなるだろうとアライ刑事は思った。

ゲートを出る瞬間、警備の兵士らが、拍手して囃し立てた。バックミラーに、笑顔で敬礼する中尉の姿が見えた。

基地の中からは、外は普通の住宅街に見えたが、すぐ普通では無いことに気付いた。歩道に乗り上げて止まっている乗用車は、どれも銃痕だらけだ。EV車は丸焦げだった。

さっき上空から見下ろした車の火事は、これが原因だとわかった。EV車やハイブリッド車のリチウムイオン電池が撃ち抜かれて発火し、車が炎上しているのだ。

カリフォルニアでのEV車の普及率を考えると、いったん銃撃戦に巻き込まれたら、手が付けられないぞ、とアライ刑事は思った。

リトル・トーキョーまで直線距離で二〇マイル。もちろん高速は使えない。至る所で車が炎上している。そこでは銃撃戦があったということだ。

ダウンタウンを何マイルも走り抜けることになる。こいつは一〇マイルも走れたら奇跡だなと思った。

「大丈夫だ、ヘンリー。私がルートをプロファイルする。まず公共施設の近くを走れ。学校とかが理想だな。そういう所に地元住民は武装して立て籠もっているはずだ。だから比較的安全だ。ハイウェイからは遠ざかれ。暴徒はハイウェイをランドマークに移動していることだろう。だから危険度が増す」

銃声が遠くから響いてくる。だが、連射ではない。単発での銃声だ。それが大事だった。治安はよろしくないし、銃撃戦もあちこちで発生しているだろうが、アサルト・ライフルの類いは滅多に使われていないということだろう。

慎重に進めばなんとかなる。来たからには、目的を果たさねばならなかった……。

# 第二章　マークスマン

〝セル〟の仲間内では、〝ゾーイで通している動画配信人スキニー・スポッターにしてジャーナリストでもあるジュリエット・モーガンは、命からがらクインシー郊外のプランテーションから逃げ出した。

軍隊経験のある彼女は、暗闇で何が起こったのかすぐ察したが、その爆撃の凄まじさや恐怖は、とても言葉で表現できるものではなかった。

遠くで稲光を見たような気がした。次の瞬間、衝撃波が襲ってきた。目を閉じる瞬間、前方から人間が飛んできたように見えた。気が付いた時には、数メートル吹き飛ばされていた。


その後も、何波も衝撃波に見舞われ、その後には、気圧差によって発生した猛烈な暴風が吹き荒れた。為す術無く、地面に伏せ、その暴風が収まるのを待つしか無かった。

生き延びたとわかって上体を起こそうとしたが、やたらと身体が重かった。五センチ以上もの土塊《つちくれ》の中に埋まっていた。そして、しばらくは耳鳴りで、何も聞こえず、三半規管もおかしくなって真っ直ぐ歩けなかった。

抱きかかえるようにして歩いていた元商店主のアリス・ハンコックの姿が見えなかった。マグライトを点して一五分以上探してみたが、どこが道でどこが畑なのかもわからない。そこいら中に人間が埋まり、咳き込み、あるいは助けを求めていた。

前方からは、まるでゾンビのように、ボロボロに引き裂かれた衣服を纏った老若男女が引き返してくる。暗闇の中から突然現れる人間は、どんなホラー映画より恐ろしかった。顔面がズタボロに裂け、足下すら見えていない者もいた。

「アリス、旦那と一緒に逝ったのね……」

モーガンは、とぼとぼと歩き始めた。

全く浮かばれない夫婦だった。街に無くてはならない小さな商店を営んでいた。だが、一人息子は中東で戦死し、彼女らの商売は、通称〝万引き無罪法〟で破壊された。99パーセントの、持たざるアメリカ人の中でも、とりわけ気の毒な家族だった。こんな戦い方が正しいとはとても思えなかったが、こうして99パーセントの側にいるアメリカ国民が虐殺されるのは許せないと思った。いや、許せないという前に、あまりにも惨めだった。

聴覚が戻ってくると、あちこちから叫び声が聞こえてきた。助けを求める叫び声や、誰彼無く罵る罵声。そして、道を開けろ！　と怒鳴る声とけたたましいクラクション。

銃声もまだ響いていた。

三マイル以上をとぼとぼと歩いて、ようやくコロンビア川沿いのリゾート施設まで辿り着いた。そこが彼らの集結場所だった。誰かが放置したピックアップ・トラックの荷台に上がり込み、ザックを枕代わりにして寝た。時々、銃声で眼が覚めるが、決まって単発なのは、助からない負傷者を誰かが楽にしてやっているのだろう。

広大なリゾート・エリアだが、基本的に電気はないし、医療関係もボランティアに頼っている。医者はいても薬があるとは思えなかった。ただし、痛み止め代わりの薬物は、山ほどあるはずだ。

出撃前は、そこいら中に葉っぱの臭いが充満していた。眼が覚めると、夜が明けていた。というか、爆撃機の轟音で眼が覚めた。瞼を開くと、超低空で飛んできたB‐2Aステルス爆撃機の編隊が見えた。特徴的な黒い影が一瞬で河の向こうへと飛び去っていった。

政府と軍は、そうやってこちらを威嚇しているのだ。

モーガンは、ボランティアの受け付け場所まで歩き、見知った中堅幹部を探した。

〝セイバー〟という通称で知られる男のことは、誰も本名は知らないことになっているが、モーガンは知っていた。彼が以前、セイバーという通り名に関して、昔、フェンシングをやっていたから、その〝剣《セイバー》〟が由来だと話してくれたことがあった。

モーガンは、知り合った幹部に関しては、必ず身元を調べることにしていた。カリフォルニア州でのハイスクール他のフェンシング大会の画像を片っ端から当たって、彼のジュニア・スクール時代の大会参加写真を見付けた。父親は、裕福な不動産業を営んでいたが、リーマン・ショックで破産し、大学進学も叶わず、本人はネオコンへと走った。少し気の毒な男性だった。

「アリスが、たぶん死んだと思うわ……」

「アリス？　あの商店主夫妻の？」

「ええ。旦那さんは先に出撃して行方不明。奥さんを止めたけれど……。一緒に歩いていたのだけれど、爆風で吹き飛ばされて。意識が戻って、探したけれど、もういなかった。さらに前進したのか、どこかに埋もれたままなのか」

「二人は、神様の元に召されたんだ。今頃は息子さんと三人で、良い暮らしをしている。報いは、今の政府が受けることになる。その罰を与えるのはわれわれだ。仲間の大勢が死んだ。仇は取る」

セイバーは、無表情に応じた。

「実は、君を探していたんだ。バトラーの護衛に付いてくれ。大勢の女子供が寄ってくる。ボディ・チェックが出来るスタッフが必要だ」

「あいつ、生きてるの？」

とモーガンは軽蔑しきった態度で言った。

「そういうな。彼のカリスマ性は大事だ。現に、彼のアジ演説で、今も引きも切らぬ仲間が集まってきている。この戦いに貢献している。最大の功労者だ」

「それって、1パーセントの側の人間ということじゃないの？」

「われわれが目指しているのは共産主義じゃないだろう？　だったら、リーダーの存在は受け入れるしかない。とにかく、バトラーの元に行って、護衛として振る舞ってくれ。君みたいなガタイがでかい女性がそばにいると箔がつく。彼が大物に見える」

「クインシーの砦襲撃はどうするの？」

「上空から爆撃機が脅しているようじゃ、攻撃は無理だろう。奴らも、今度やったらまた爆撃すると脅してきた。クインシーは諦めて、スポケーンじゃないかな」

「ガソリンはどうするのよ。みんなここまで辿り着くだけでも大変だったのに」

「俺たちは99パーセントだが、それを支援してくれる事業者もいるらしい。燃料の心配は要らないそうだ。そうだ。日没後、スタッフの犠牲に祈りを捧げる追悼会がある。もし抜け出せるなら顔を出してくれ」

「スポケーンまで辿り着いても、すぐロッキーの山越え。ＤＣは遠いわね」

「前進すればするだけ仲間が膨れ上がる。いずれ軍も手出し出来ない規模にね」

モーガンは、自分は信じないという顔ながらも頷いた。99パーセントの、迫害され続けた民衆のこれが最後の抵抗だ。成功してほしいという願いは、彼女にもあったが、成功するとは思えなかった。

敵は、政権とか政党ではなく、ある種のシステムだ。自分たちが、よかれと思って長年かかって築き上げた繁栄のためのシステムだ。実体があってないような存在だ。そう容易に倒せる相手だとは思えなかった。

〝ミスター・バトラー〟こと、UCLAの元法学部政治学准教授のフレッド・マイヤーズは、クレセント・バー・リゾートから北西に二マイルほどコロンビア川を遡った小さなリゾートの近くにいた。

リゾートを見下ろせる高さに敷かれた鉄道レールの上に佇んでいた。

この騒乱で鉄道網も寸断されたせいで、レールの上にはうっすらと錆が浮き出ていた。

しばらく、喧騒から離れて静かに過ごしたかった。昨夜の攻撃では、数千人もの仲間が死んだ。その犠牲に心を痛めることはなかったが、クインシーの〝砦〟を攻めるよう煽ったのは自分だ。その失点を回復する必要があった。

もう少し、うまくいくはずだった。仮に自分たちの攻撃が失敗しても、中国軍によるミサイル攻撃で、データ・センターの一つや二つは吹き飛ぶはずだった。ところが、建物の壁に銃撃で孔を開けた程度で終わってしまった。挙げ句に犠牲者の山。大失敗だった。

「しかし、これはたいした眺めだな。幼い頃に見た、ジョン・ウェインの映画そのものだよ」

と隣に立つロシア連邦保安庁《FSB》のヴァレリー・タラコフ陸軍少将が言った。眼下には、コロンビア川の雄大な流れがある。静かに、ゆっくりと流れていた。

手こぎボートを出して呑気に遊んでいる避難民がいる。

「ロシアの大河の方がでかいだろう?」

「そうだが、これはこれでたいした眺めだ。FSBが得た情報だと、カナダ国防軍が国境を越えて、シアトルの治安維持回復に乗り出すそうだ。シアトルの治安をまず回復させ、南下して、最終的には、カリフォルニア全土の治安と電力を回復させる作戦らしい」

「全く賢明な作戦だな。手堅く確実だ。略奪も、もう終わる頃だろう。略奪する金目のものが尽きる時期だ。さてどちらへ向かったものか……」

「キリレンコ大尉、君はアフリカや中東での不安定化工作の経験が長い。われわれはどう動くべきだと思うね?」

タラコフは、民間軍事会社〝ヴォストーク〟のベテラン士官であるゲンナジー・キリレンコ大尉に英語で質した。大尉も英語で応じた。

「はい、将軍。まず、昨夜の砦攻略に対する評価が必要です。あれは、大成功でした。GAFAMやNSAの各データ・サーバーは回復不能なほどのダメージを受け、インターネット網が復旧しても、しばらくサービスの再開は無理だろうという情報を拡散します。それはアメリカ以外の西側諸国ではすでに実を結びつつあります。事実として、クインシーへの電力供給が遮断されたことで、アメリカの混乱とは無関係なはずの西側諸国のインターネットも、大きな影響を受けています。ネットが使える世界では、信憑性をもって受け入れられるでしょう。攻撃に参加した群衆は違った認識を持つでしょうが、全ては、暗闇の中で起こったことです。事実として攻撃は成功したと主張すれば、反論は出来ない」

「それは言えるな。同意するよ」とバトラーが頷いた。

「次に、東へ向かうか西へ引き返すかですが、両方狙えば良い。現在それだけの群衆が集まりつつあります。スポケーン攻略に一万、シアトルの騒乱加勢に一万戻っても、まだ余るくらいです。逆に、二万もの隊列で同じ道を走らせても、渋滞が酷くなるだけです。バトラーは、東へ向かったことにすれば良い。われわれ本隊がシアトルへ引き揚げても、もしスポケーン攻略が成功するようなら、飛行機を調達してバトラーが合流すれば済むことです」

「東への進軍は難しいだろう。あっちは道はほとんど一本だ。戦車一両置くだけで、半日は足止めできる」

「同感です。しかし、われわれが確実に前進し、ワシントン大行進が続いていることをアメリカ国民にアピールする必要があります。一方、シアトルの治安回復を阻止することにも意義がある。カリフォルニアの治安が回復すれば、1パーセントの側に希望を抱かせることになるし、農業にせよ工業にせよ、兵站拠点としてのカリフォルニアを再始動することになる。99パーセントが政治支配を確立させるまで、その復旧は阻止すべきです」

「銃があるとはいえ、われわれは素人集団だぞ。正規軍相手の戦闘力は知れている」

「解放軍の援助が得られるでしょう。航空戦力や、ひょっとしたら陸戦隊の協力も」

「本当にそんなことが可能だと思っているのか？　そりゃ、戦闘機を飛ばしてミサイルを撃つくらいのことならともかく、陸兵を上陸させるとなると、これは明白な侵略行為だ。中国がそこまでやるとは思えないな」

「問題ない。いつかは、米中は正面衝突するしか無かった。彼らはそのチャンスを逃さないさ。別にニューヨークを占領する必要はないんだ。西海岸を少し引っ掻き回す程度でアメリカが自壊するなら、躊躇う理由はないだろう」

とタラコフ将軍が楽観して言った。

「軍事作戦としては、一時的な後退は恥ではない。だが、大言壮語した後にこれではな」

「バトラー、インテリは、心配性だからよろしくない……」

とキリレンコ大尉が嘆いた。

「99パーセントの民衆が蜂起し、戦い続けることで、全国の99パーセントを鼓舞することになる。そして、セルは至る所に誕生する。テキサスでも、シカゴでも。シカゴが燃え上がれば、一気にシカゴまで飛べば良い。そこからDCはすぐだ」

「君はアフリカでもそんな高尚なことを言って部族長を煽るのかね？」

「連中には、もっと具体的な餌を与えますよ。あんたがここを支配できれば石油が手に入る、ダイヤの利権が手に入るとね」

眼下のビーチで、バトラーに気付いたビキニ姿の女性らが手を振っていた。別に顔を隠す意図はないが、彼女らは自分が誰か知っているのだろうかと思った。99パーセントの戦いには興味も無さそうな雰囲気だが……。

「いい目の保養にはなるが、彼女ら、われわれの正体を知っているのかね……」

タラコフ将軍は、手を振り返しながら言った。

三人の周囲には、距離を取って護衛が付いていた。民間軍事会社風の、プレート・キャリアを装備した男たちで、全員が、軍の出身だった。

「皆のもとに戻ろう。私は、しばらく行方をくらませた方がいいのかな？」

「そうです。貴方は、スポケーンにも向かったし、ひょっとしたらシアトルに戻ったかも知れない。神出鬼没はカリスマの大事な要素だ」

バトラーも、一瞬その女性らに手を振って踵《きびす》を返した。ほんの数マイル先で、軍による大虐殺が行われたとは言え、士気は旺盛だ。まだまだ戦えるという気力に満ちていた。


アライ刑事が運転するエクスプローラーは、陸軍の飛行場からようやく五マイル北の辺りを走っていた。

ゲートを出た直後は、せいぜい燃えた乗用車がある程度だったが、やがて凄惨な光景が始まった。倒れたままの死体が道路を何カ所か塞いでいる。それは車を止めるための誰かの罠である可能性があり、緊張を強いられた。

燃え落ちた車の中で、真っ黒に炭化した死体を見ることもあった。住宅街のあちこちに、バリケードが作ってあったが、それが住民が作ったものなのか、狩る側が作ったものかは判然としない。銃口がこちらを覗いている。そういう場所ではUターンするようにした。

そして、糞尿の臭いだ。どこからともなく漂ってくる。銃撃音も相変わらずあちこちから響いてきた。

チャン捜査官がバックシートで、スタンドアローンの地図アプリを見ながら自分たちの現在位置を指示してくれるが、LAで生まれたアライ刑事も、この辺りの地理を知っているわけではない。自分たちがどこを走っているのかさっぱりわからない。ただ、太陽の方角から、北へ向かっていることを時々確認するだけだ。

「陸軍、銃はくれても、無線機すら持たせてくれなかったですね」

「それで助けを呼ばれても困るからだろう。衛星携帯くらいは、こっちで準備すべきだったが、LA総局と連絡が付いたからと言って、騎兵隊がやってきてくれるわけじゃない。調べることを調べ上げ、この大混乱の最中でも整然と法執行が為されることを証明するしかない」

ジャレット捜査官は、時々車の背後にも視線をくれながら応じた。

「背後の警戒って必要ですか?」

「FBIに入局してすぐの頃、半年間、ある犯罪組織への潜入捜査を命じられたことがある。あれはきつかったね。追う側の自分が、警察からは追われ、組織も欺く必要があったから。潜入捜査のベテランから、背中にも眼を付けろ――、と言われたものだ。私が賊で、この車は襲撃する価値があると思ったら、背後からバイクで襲撃する。横に並んで、ピストルでバンバン！　だ」

また発砲音がしてきた。だが、珍しいことに、それは連射する音だった。

「アサルト・ライフルの発砲音ですね。ここを離れた方が安全です」

とアライはゆっくりとブレーキを踏んだ。

ジャレット捜査官が、「地図を見せろ」とチャン捜査官のスマホを手に取った。

「ちょっと待て!……。銃撃音は一対複数だ。アサルトを撃っている側が一人。いくらアサルトがあるからと、複数の敵を相手に賊が仕掛けることはない。アサルトを持つ誰かが応戦していると見ていい。助ける必要があるぞ!」

「ニック、全員は救えない!　全員どころか、われわれは誰も救えませんよ」

「いや、われわれは法執行機関だ。そこの住宅を左折して車を止めろ！　チャン捜査官は、運転を代わって車をいったん近くの住宅に隠せ。そして、外に出て銃とバッジで周囲を威嚇しろ」

「私もヘンリーに賛成します！　こんな所で立ち止まっている暇も無いでしょう。日没までにリトル・トーキョーにすら辿り着けなくなる！」

「そう言うな。ここのすぐ向こうにはサークル状の小さな公園がある。警官なり兵士が一人で避難民を守っているとしたら、われわれには助ける義務があるぞ」

ジャレットとアライ刑事は、M・4カービンを持つと車を出た。静かにドアを閉め、住宅街沿いに銃声がする方向へと進む。

並木が育っていてよく見えないが、幹線道路の上に掛かる橋の上から何者かの集団がピストルで撃ち降ろしているようだった。怒鳴り声が聞こえてくる。

二人は、M・4にマガジンを装着しながら「えと、これはどうやって撃てるようになるんだ？」とジャレットが聞いた。

アライ刑事は、マガジンの底をトントンと叩いて押し込むと、チャージング・ハンドルを引いて見せた。

「そして、左側の安全装置。最初は単発が良いでしょう。それはともかく、あれ、敵ですかね？」

アライは、梢の隙間から、その集団を観察しながら言った。

「敵だ。間違い無い」

「止まれ《フリーズ》！　とか、FBIだ！　とか名乗るべきですか？」

「その必要は無いな」

ジャレットが指差した先に、穴だらけにされたパトカーが見えた。警告灯もフロントガラスもとっくに割れた後だ。そのパトカーを壁にして誰かがアサルトで撃ち返している様子だった。

「あの距離じゃ、普通、ピストル弾なんて当たりませんけどね……」

アライは、プレート・キャリアのポーチから耳栓とアイシールドを取り出し、ジャレットにもそれをするよう指示した。

道路と住宅街の間に、衝立が作ってあった。ジャレットとアライはそれを跨いで乗り越えてから、さらに車道の法面に取り付いた。

「僕が反対車線側から撃ちます。援護して下さい」

互いの銃の安全装置が外れていることを確認し、路上に飛び出した。アライ刑事はそのまま反対車線側の法面に滑り込むと、膝撃ち姿勢且つ、ダブル・タップで引き金を引き始めた。

ジャレットは路上で、一発一発狙って撃つ。相手は、白人黒人の混成チームで、いかにもな格好の集団だった。その賊の全員が、首を回してこちらに気付いた時には手遅れだった。

アライ刑事は、距離一六〇ヤードほどから、ほぼ全弾を命中させていた。五人全員を倒すのに一〇秒も掛かっていなかった。

橋の上に倒れ込んだ男達で、まだピストルを掲げて抗戦意思がありそうな若者に、ジャレットは狙いを定めて一発お見舞いした。

「たいしたものだ」

「ビギナーズ・ラックですかね……」

二人は、右手に銃を掲げ、左手にバッジを持ちながら、林を抜けてパトカーに近付いた。

傷だらけのパトカーのルーフの上で、ピストルを両手で構えてこちらを狙う制服警官がいた。

二人は更に銃を背中に担ぎ直し、バッジを右手に持ち替えて高々と掲げた。それで、ようやく向こうは銃を下げた。

　中年女性。スペイン系の顔立ちに見えた。二人は、パトカーを挟んでバッジを見せて名乗りを上げた。

「私は、カミーラ・オリバレス巡査長。スウィートウォーターってどこよ？」

「テキサスの片田舎です。いろいろと事情がありまして」

「巡査長、君は一人じゃなかったはずだが？」

「……」

「ええ……。同僚は死にました。激しい銃撃戦で、バッジを回収することも出来なかったわ。貴方たち、どこかへ行く途中なら、私も連れて行ってよ。パトカーは、無線機すら壊れたし、燃料タンクも孔が空いて、どこにも行けない。ウォーキートーキーも電池切れで捨てちゃったし」

「見た所、公園にはテントが張られてそれなりの数の避難民が立て籠もっているようだが？」

　ここも、カラフルなテントが張られていた。

「あんな奴ら……。あそこには、たぶん銃を持った避難民が二〇人以上いる。でも、警官と一緒に襲撃者と戦おうなんて勇気のある人間は一人もいない。LAじゃ、警官は好かれていないから。それに私、ここの管区じゃないし。普段はヴァレー管区に勤務している。あっちは暇だろうからと、応援に駆り出されたのよ」

「ヴァレーってどこ？」

「ハリウッドの北西。ここからは遠いわね。私、娘のことが心配なの。早く家に帰らないと。M-4は今、最後のマガジンを撃ち尽くした」

「保護すべき住民がいるのに持ち場を離れるのは感心しないが……。とはいえ特殊な状況であることも考慮すれば仕方あるまい。そもそも君はなぜここに踏み留まったのだ？」

とジャレットは聞いた。

「何も知らないのね。このすぐ西、605号線とミニ・ゴルフ場を渡るとサン・ガブリエル川がある。川と言っても水かさはないけれど。ほら良くアクション映画で見る、細いドブ川のコンクリの斜面でカーチェイスする奴。あの川ね。そこに掛かる橋は、北から南まで全部、ギャングが占領している。ちょっと前までは、橋を渡って避難しようとする住民の車を止めて片っ端から略奪していた。今は、クスリを決めて、のべつ幕無しに撃ちまくっている。橋を避けて川を渡って避難しようとする住民を、橋の上から狙撃して楽しんでいる。だから、西へ戻ろうとしても通れないのよ」

「そりゃ酷いな。それ、全部抑えられているの？」

「ええ。知る限り、北から南まで全部抑えている。警察には、今奴らと戦う余力はないでしょう。SWATもどこで遊んでいるんだか」

「リトル・トーキョーってどこにあるんだ？」

「川のずっと西側。そして北。あんたたち、FBI総局に行きたいんでしょう？　だったらどこかで渡るしかないわね」

「アサルト三挺で突破できそうな所がないかな？　日没前にリトル・トーキョーに着きたい」

「冗談でしょう。二日掛けても無理よ。でも、私もそのくらいの速さでないと、娘の元には帰れないわね。いいわ、お互い助け合いましょう。車はあるんでしょうね？」

とオリバレス警官は車の下に置いたザックと銃を担いだ。

「本当に良いんですか？」とアライはジャレットに聞いた。

「われわれがここに留まっても何も出来ない。食い物も無いだろうし。避難民が武装しているなら、自分たちで守るだろう。ひとまず当面の脅威は排除した。後日、訴えられても国側が敗訴する可能性は低いとみたね」

強ばった表情のチャン捜査官のもとに戻って車に乗り込んだ。

「問題無かったか？」とジャレット捜査官が尋ねた。

「ええ。ちょっと身構えましたけれど。この辺りの戸建ての家々。もう誰もいません。あちこちドアや窓が割られて略奪に遭った後のようです。でも、火が出ていないのは幸いですね」

「停電して略奪が始まると、あちこち放火もされたのよ。でも、それで延焼を繰り返すと、自分たちの略奪先も燃え落ちることに気付いて、奴らは火は点けないようにした」

オリバレスは自己紹介の前にそう説明した。

「ヘンリー、大丈夫か？」

とジャレットは火薬にまみれたアライ刑事の両手を見遣った。アライはそれをハンドルに置いてエンジンを掛けようとしていた。

「え？……。ああ、五人も殺したことですか？　さすがに警官一人相手に笑いながら狙い撃ちしているような奴らの死には何とも思いません。義務を果たしたまでです」

オリバレスは、チャン捜査官に自己紹介してから、「しかし貴方たちも物好きよね」と漏らした。

「ここLAで、大規模停電が発生したら街がどうなるかわかりそうなものを」

「こうなっているだろうとは思ったが、実際に来てみると酷いものだね。君はこの辺りの地理はどの程度知っている？」

「最近の変化は知らないわね。でも最初に配属されたのは、このすぐ北西のエリアだったから、道路の類いなら少しはわかります。当時は、まだＧＰＳナビがパトカーに入ってなくて、新米警官はまず道路から覚えさせられたから」

「今の内に、足下のバッグからマガジンを何本か取っておいてくれ。で、どっちへ走れば良いと思う？」

「突破するなら、この北隣の橋が良いでしょう。スタッドベイカー・ロードをいったん北に走って、アロンドラ・ブルーバードで渡る所よ」

「そこが良い理由は？」

「橋の周囲はそこそこ見晴らしがよくて、ギャング団は油断している。つまり守っている人数が他所より少ない」

「何人くらい？」

「たぶん十人とか、そんなものでしょう」

「アサルト三挺で、十人か……。射撃の腕はある方？」

「この一日でめきめきと腕を上げたことは確かね。もっと細い橋なら、手前にもあるけれど、車を横に並べて封鎖されている。走って渡ろうとした避難民が何人も狙撃されたわ。死体の山が出来ている」

「ギャング団は、避難民を閉じ込めて何がしたいのかしら？」

とチャン捜査官が聞いた。

「だって、避難民は着の身着のままじゃなくて身につけられる全財産を持っているじゃない。キャッシュから宝石類まで。商店街の略奪が一通り片付いたら、次は当然、人間狩り《マンハント》よ。ここはそもそも、万引き無罪法で、もとから無法地帯だった。停電した時は、やっちまったと思ったわね。警察の手には負えないと。とても無理だと悟って逃げ出した仲間も多かった。真っ先に銃砲店が襲撃されたわ。私が立ち向かった奴らはピストルしか持っていなかったけれど、ショットガンも出回っているわよ。当然アサルトも」

「ここを渡れても、まだ川みたいな所は何カ所かあるみたいですけど？」とチャンが聞いてきた。

「もちろん。そこがどうなっているのかはわからない。たとえここを無傷で渡れても、その先がどうかはわからないわね。こちらの弾が尽きるかも知れないし」

「ドローンでも持って来るんだったな……」とジャレットが嘆息した。

「行きましょう。あれこれ考えている暇はない」

アライ刑事は、エンジンを掛けてボロ車を発進させた。スタッドベイカー・ロードは避け、側道をゆっくりと走った。だが最後は、スタッドベイカー・ロードを渡り、ホーム・デポの巨大な建物の通りを西へとゆっくり走った。そのホーム・デポの周囲には、略奪物資を探してまだ暴徒の出入りがあった。

サン・ガブリエル・リバー・フリーウェイの手前のスポーツジム横でいったん車を止め、銃を掲げて外に出た。フリーウェイを横断する必要があったが、ここはそういう構造になっていない。いったんフリーウェイに入るしかなさそうだった。

アライ刑事は、オリバレスに車に残ってもらい、ジャレットとともに偵察に出た。フリーウェイを横断するが、ここもあちこちに車が放置されている。どれも略奪に遭った形跡があった。

眼の前に銃砲店があったが、分厚いシャッターが無残に破壊されていた。

川縁まで辿り着き、プレート・キャリアのポーチに入っていた単眼鏡を出して橋の上のギャング団を観察した。その人数と、配置と、動きを一〇分ほど観察した。

「十二人ですね。アサルト二挺にショットガンもある。わりと強武装だ……」

「三人であれを黙らせるのは無理だろう。諦めよう。

う」

「いや、何とかしましょう。大丈夫ですよ」

アライは、首を回して周囲を観察しながら言った。

「おいおい、君が凄腕のスナイパーだとかいうならともかく……」

ジャレットは何を無茶なことを言っているんだという表情だった。

「でも、僕の腕は見ましたよね？　ここで、巡査長と二人で囮になって下さい。僕はフリーウェイの高架上から狙撃します」

「四〇〇ヤードはあるぞ。しかもM‐4て、ライフルじゃなくて、短いカービン銃だよな」

「有効射程距離は六〇〇ヤード前後。しかもダットサイトのオプティカル・レンズ付き。なんとかなりますよ。たぶん、何人かの敵は二人へ向けて撃ってくるでしょう。何人かは、車に乗って、こっちへ走ってくるはずです。そうなれば、敵を高架上から撃ち降ろせる。近付いてくるからさらに容易になる。三〇秒でけりがつきます」

「君は特殊部隊のコマンドじゃないだろう？」

「でも今はそのレベルの度胸が必要でしょう。上手くいきますよ。敵が黙ったら、走って下さい。エクスプローラーで拾い上げ、仲間が駆けつける前に走り抜けましょう。何人か撃ち漏らすかも知れないが、それは仕方無い。追い掛けられる前に走り去る」

「三〇秒か？　マガジン二本？——」

「いえ。訓練を受けていない者がその時間でマガジンを交換するのは無理です。さっきのマガジン、差したままですよね。新しいのに交換しましょう。大丈夫です。三〇発、撃ち尽くす前に終わります」

だいぶ日差しが傾いてきた。あれこれ考えている暇はなさそうだった。いったん車に戻り、全員の装備を確認した。

「もし作戦が失敗したら、君らだけでも逃げろ。頭数は向こうが四倍、火力でもこっちは負けている」

「バディが負傷したら、フリーウェイまで下がって下さい。チャン捜査官に拾わせますから。僕がそれを援護します」

ジャレットは納得していないという顔だった。

「さっきはニックの無茶に付き合って危険を冒しました。今度は僕の無茶に付き合ってもらいますから」

「無茶はなしだぞ」

発砲開始は七分後と決め、ジャレットとオリバレスとはそこで別れた。チャンがエクスプローラーを運転した。フリーウェイの合流口手前で車を止め、「これ、上手くいくの?」とチャンが尋ねた。

アライはそれには答えず、「何か白っぽい布はない?」と尋ねた。

「何するの？」

「頭を隠したい。頭の形を隠したいんだ。帽子じゃ無く、布きれで頭を巻く。無地のタオルが一番良いけれど」

チャンが自分のザックの中を漁った。

「あたしのショーツを被るのが一番簡単だけど、見た目が問題だから、それともブラにする? タンクトップがあったわ!」

「それで良いよ」

アライは、タンクトップを頭に巻いてからアイウェアを掛けた。

「私は何をすれば良いの?」

「弾詰まりとかに備えて、近くにいてくれ。もし撃てと命じたら、狙わずに良いから、橋方向に連射するだけで良い」

「あいつら、クスリでラリっているから、銃声程度じゃ怯まないわよ?」

外に出て見ると、意外に向こうの橋は遠そうに見えた。

「これ、ハーフ・マイルくらいあるんじゃないの?」

「そこまではない。大丈夫だ」

放置車両の間を抜け、姿勢を下げて高架上の側壁に近付く。さっき観察した所では、特に、こちら側を見張っている人間はいなかった。もっぱら、西側の中心部から脱出する者たちを見張っている感じだった。

アライは、位置決めしてから、路上に転がっている蓋が開かれたままのスーツケースを引っ張り、いったん蓋を閉めてから、フォアグリップのバイポッドを引っ張り出してスーツケースの上に銃を置き、シッティング・スタイルを取った。

「ねぇ、ヘンリー。あなた車両部隊よね?」

チャンは、アライから一〇メートルほど離れた場所から喋った。放置されたミニバンの影にいた。

「軍隊はいろんなことをやらされるし、射撃はみんなが取得しなきゃならない基本技能だよ。FBIは違うのかい?」

「私たちは、頭脳で犯人を追うの」

チャンは側壁の下で仰向けになり、コンパクトをちょっとだけ縁から上げて西側を観察した。ジャレットとオリバレスがM‐4を撃ち始めた。橋の真ん中辺りに屯《たむろ》していた連中が一斉に発砲音がした方角を振り返り、ピストルやショットガンで応戦し始めた。確かに、恐れる様子はない。何人かが、自家用車二台に飛び乗って、こちらへ向かってくる。

アライは、それが六人だと見抜いた。三人三人で乗り込んでいる。先頭のクーペ・タイプが速度を上げるのを待った。アクセルをベタ踏みで猛然

と速度を上げてくる。

運転している黒人に向けて二発、引き金を引いた。

ダブル・タップの極意を教えてくれたのは、マクフライ軍曹だったか。感謝しなきゃなと思った。

そのクーペは、速度を上げたまま歩道に乗り上げ、更に法面をジャンプしてひっくり返り、立ち木に衝突して止まった。だが、アライはそこまでは見なかった。二台目のミニバンの運転手は速度を上げないまま走っていた。先頭車が横転したことに気付いてブレーキを踏んだ瞬間、アライは東洋系の運転手の胸の辺りを狙って引き金を引いた。ミニバンがゆっくりと止まる。助手席の白人男性が、慌ててドアを開けようとした所を狙撃する。

更に後部座席の男がドアを開けて出てきた。だが足をもつれさせた所を背中から撃った。

「ひっくり返った車、一人出てくるわ！」

銃口を手前に戻すと、フロントガラスが割れ、助手席の男の上半身がエアバッグを超えて飛び出していた。車体がひっくり返ったせいで、地面との間に挟まれ、首が変な方向に曲がっていた。

アライは、シートベルトをしないから……、と思いながら、逆さまになった車体からどうにか脱出しようとしている後部座席の男に向かって引き金を引いた。

「まだ動いている奴がいたら教えてくれ！」

橋の中央へと銃口を戻す。確かに遠い。四〇〇ヤードは優に超えている感じだった。橋の欄干はただの鉄柵で、ジャレットらに対しても弾避け効果は皆無だ。ショットガン一挺が吠えている。だが、すでに二人倒れていた。残るは四人……。

アライは、まずそのショットガンの射手を狙って引き金を引いた。続いて手前から撃つ。最後の男は黒人だった。ピストルを振り回している。自ジャレット捜査官が、一台の車を見付けて「止まれ！」と命じた。

一台のフルサイズ・バンのドアを開ける。運転席に乗り込んでエンジンを掛けてみる。

「燃料が入っているぞ！　十分な量だ」

「大きすぎやしませんか？　目立つ」とアライが警戒した。

「ここはアメリカだ。大きいことは正義だぞ！　こっちに乗り移れ。弾痕もないようだ」

「あんなに撃ちまくって、一発も弾が当たってないなんて」

「俺たちだって、別に車を狙って撃ってはいないぞ。だが、日本車にしてはデザインはいまいちだな。荷物をこっちに移せ」

ニッサンのNVパッセンジャー、八人乗りシート。後部座席には、いろんな銃や弾薬ケースが無造作に放り投げてある。更に、トランク部分には、自分たちが護岸以外の場所から狙撃されていることに気付いて周囲を見渡していた。

四〇〇ヤード離れて、相手と視線が合ったような気がした。その瞬間引き金を引いた。

全員を倒してから、ほんの五秒、視界内に動く者がいないかどうかを観察した。

「よし！　二人を拾って川を渡ろう！」

「貴方、何者よ！」

またチャンが運転して下の道へと戻った。ジャレットとオリバレスが乗り込んでくる。

「ヘンリー！　私を騙したな。狙撃兵上がりだろう？」

「その話は後で。急ぎましょう。奴らの仲間がやってくる！」

サン・ガブリエル川を渡る。中央部分には上り下りとも何台も車が置かれ、突破出来ないよう細いS字カーブが作ってあった。

段ボール箱に入ったミネラル・ウォーターやエナジーバーがあった。

「金目のものはないけれど、でもこれも全部、避難民から奪ったものでしょうね。ミネラル・ウォーターのメーカーが見事にバラバラだわ」

とオリバレス巡査長が箱を覗きながら言った。

反対車線の欄干近くには、撃ち殺したギャング団の死体も転がっている。うち二人は、虫の息だが、まだ生きていた。助ける術はなかった。ジャレットがM‐4を構えながら近づき、彼らから銃と弾薬を回収した。

車を乗り移ろうとしたチャン捜査官が、西から走ってくる乗用車に気付いた。だが、速度は出ていない。何か、躊躇っている様子だった。

「あれ、避難民の車じゃないかしら……」

「オリバレス巡査長！ 制服姿の君が誘導してやれ」とジャレットが命ずる。

オリバレスは、下り車線に出ると右手を振って「来い！ 来い！」と合図した。一台、また一台と車が走ってくる。先頭のSUVに乗っていた家族連れが窓を開けてオリバレスに手を振り、クラクションを鳴らした。

いったい、これまでどこに隠れていたのかという数の車があっという間に数珠つなぎになり、クラクションを鳴らしながら向かってくる。避難民の脱出ルートが復活した。

アライとジャレットは、右手にM‐4を掲げ、車列を誘導するオリバレス巡査長の隣に立った。

「本当は狙撃兵だったたんだろう？」とジャレットがしつこく聞いた。

「ハッハッ！――」

とアライは珍しく声を上げて笑った。

「プロファイラーを出し抜くのは愉快だ！ でも狙撃兵じゃありません。車両部隊だからと言って、護衛の兵隊は必要です。僕は、選抜射手《マークスマン》でした。九〇〇ヤードまでなら狙える。M‐4で九〇〇ヤードはきついですけどね。狙撃兵ほどの専門性はないが、それなりの狙撃の腕で部隊を守る。成績は良かったですよ。上官からも、狙撃兵を目指せと激励された。でも軍隊に入る時、父から一つだけ釘を刺された。狙撃兵にだけはなるなと。SWATの狙撃手は、悪党しか撃たない。だが軍隊の狙撃兵は、敵なのか無害なのか判然としないターゲットでも、ひとまず撃ち殺さなきゃならない。相手が武装していなくても。女子供でも、自爆犯かも知れないから撃ち殺す。砂漠から帰った狙撃兵はみんな心を病んだと」

「警察に入った後、なぜSWAT部隊に入隊しなかった？」

「SWAT隊員を目指すには、ちょっと歳でしたね。それに、一日中体力錬成と銃を磨いて過ごすのは性に合わないと思った」

二百台ほどの車列がようやく途切れ途切れになった。

「よし！　われわれも前進しよう――」

四人が、NVパッセンジャーに乗り込んだ。

「日本車なのにゆったりしているじゃないか」

「そりゃ、フルサイズ・バンですからね」

アライは、運転席でシート位置を調整した。

「どうだ？　チャン捜査官」

「なんだか、あり得ないですよね。銃声を聞いて駆けつけたら運良く警官を助けて、橋を渡ろうとギャングを駆逐したら、結果的に避難民の脱出ルートを回復して、おまけにまるでご褒美みたいに、武器や食料を積んだ大型車まで手に入ったなんて……」

「神様が見てるんだよ！　神様が。そのエナジーバーとやらを一本くれ」

避難民の車がひっきりなしに現れる。どこからどうやって情報を得ているのか、数珠つなぎは途切れたが、車は途切れることなく向かってくる。

しばらくして、情報源はラジオらしいとわかった。コミニュティFM局が、何カ所か生きているようだった。飛行場で貰ったボロ車にラジオは無かったが、このバンには、ラジオが付いていた。

ＬＡの街並みを、夕陽が赤く染めていた。

# 第三章　LA暴動



指揮車両〝メグ〟の指揮コンソールで、土門陸将補は、スキャン・イーグルの映像を見ていた。胴体と垂直尾翼にでかでかと日の丸を描いたV‐22〝オスプレイ〟がレーニア山麓の峠越えの道路上でホバリングし、後部ハッチから、ファストロープで次々と隊員が降りていく。まず、西側から走ってくる避難民の車を止め、ランディング・ゾーンの安全を確保してからオスプレイは着陸しようとしていた。

スキャン・イーグルの白黒の赤外線画像ではわからないが、そのオスプレイは、全身真っ黒に塗られていた。テキサスの工場出荷時に、特殊部隊向けの塗料として、防眩《ぼうげん》塗装の黒だけ大量に余っていたということらしかった。機体自体は、陸自向けだ。HFアンテナと、コータム用、衛星通信用アンテナが最初から装備されていた。

「しかし、あの日の丸はでかいな。昔のさ、冷戦まっただ中の自衛隊機が、ああいうどでかい日の丸を描いていたよな。あれよりでかいが……」

その日の丸は、アメリカ人が中国軍機と見間違えることを避けるために描かれていたが、昔の自衛隊機のそれより遥かに大きく、そして白く縁取りされていた。

だが、赤い星と日の丸の区別が付くアメリカ人がどれだけいるか土門は疑問に感じていた。そもそも、どちらの意匠も〝赤〟だ。星か丸かの違いでしかない。

「あの遠隔操作式銃架《RWS》ってさ、ホイストと排他使用なんだろう？」

「最初はそうだったらしいですね。足場が確保できないから。でも、ファストロープはこうやって使ってますからね」

とシステム屋のガルこと待田晴郎《まちだはるお》一曹は、オスプレイの手前で止まる車列に注意を向けながら言った。

「レスラー、君は、東からの車の流れに気を付けてくれ」

と新入りのレスラーこと駒鳥綾《こまとりあや》三曹に命じた。

「これ、電話はもう通じないのに、なんでこんな所に日本人家族がいるってわかったんだ？」

「この辺りのホテルや山荘、ビジター・センターには、遭難者救出のために、一通りアマ無線が装備されている。その梯子で、ヤキマの行政組織まで届いたようです」

「日本人がなんで山越えなんてするんだ。逃げるならバンクーバー一択だろう」

「シアトルもそうとう荒れてますからね。それに、こっちへ避難してくる住民がそれなりの数いたことを思うと、車の流れに乗っただけかも知れない」

オスプレイが夕暮れの道路上に着陸すると、原田拓海三佐が最後に機内から出て来た。駐車場に停めた車から四人家族が出て来て、隊員らが抱きかかえるようにしてオスプレイに向かおうとした。

だが、原田がその家族と接触すると、しばらく動きが止まった。山荘前の駐車場で、施設に近い方の車から、新たに四人の親子連れが出て来るのが視界に入った。

「ハンターよりデナリ、I型糖尿病の少年を抱えるアメリカ人家族がいるそうです。一緒に収容します」

「こちらデナリ、オスプレイに乗れる数だけにしろよ」

土門はヘッドセットでそう命じた。オスプレイから、食料が入った段ボール箱が何個か降ろされた。日本人家族を助けてくれたお礼だった。日本人家族とアメリカ人家族の八名と、原田が連れてきた一個分隊がオスプレイに乗り込む。最後、道路封鎖に当たっていたコマンドが走って機内に乗り込むと、オスプレイは激しい砂埃を上げて離陸した。

「直に、何百人もの避難民が乗せろ乗せろ！　と殺到することになるぞ」

「そうなりますね」

幸い、今回それは無かった。あの峠にポツンと建つ山荘が、避難民にとってそれなりに快適だったということだろう。

オスプレイが離陸し、高度を上げながらゆっくりと水平飛行に移った。

「ガル、クインシーからのその〝99パーセント〟の後退はどうなっているんだ？」

「半分は、クインシーを北へ迂回してスポケーンへ。残る半分は、西へと向かい、ドライデンで、南北の二つのルートに分かれて走っています。西海岸方向に渋滞はないから、あっという間にカスケード山脈を越えるでしょう」

「彼ら、なんで燃料が保《も》つんだ？」

「日本で言えば、軽トラ・サイズの燃料タンク車が走り回っています。そういうピックアップ・トラックが何十台も走ってますね」

「連中はシアトルへ向かっているのか？　タコマやポートランドではないのか？」

「自分はシアトルだと思います。どこかから、カナダ軍南下の情報を仕入れたのでしょう。シアトルの治安を回復されては、シアトルを起点に西海岸のロジが回復することは誰の目にも明らかだ。それを阻止するのだと思いますね」

「われわれはシアトルへ向かうべきだと思うか?」

「カナダ国防軍がどの規模でシアトル制圧に乗り出すのかわかりませんが、いずれにせよ、水機団部隊よりは大規模でしょう。たいした加勢になるかどうか」

「即機連に出てもらうか?」

「歩兵だけでシアトルに送り込むのですか?　キドセンまで運ぶ必要はないでしょうが、車両は必要ですよね?　糧食も必要になるし。カナダを含めた米側と、そういう取り決めになったのだから、自分らは、初期の目標のカリフォルニア州平定に集中すれば良いんじゃないですか?　そもそもそれすらおぼつかない話ではあるけれど」

「わかった。大人しく、LAへ向かうとしよう。だが、ポイント・マグー?　聞いたことも無いが、遠いんじゃないか?　LAの、いわゆるセントラルというか官庁街に」

「説明しましょう!」

待田は、モニターの一つを衛星写真に切り替え、ロスアンゼルス一帯を表示させ、レーザー・ポインターを手に取って、空港を一つ一つ指し示した。

「われわれが観光客として使うLAX、ロスアンゼルス国際空港はここです——。ここを使えれば何の問題もないが、ここは、海外に脱出しようとする避難民が押し寄せ、それを狙ってギャングがやってきて、今、しっちゃかめっちゃかです。そして、南には、ジョン・ウェイン空港というのがありますが、ここはロス・アラミトス陸軍飛行場より遠い。この陸軍の飛行場も悪くないですが、空自は、住宅街のど真ん中で危険だと判断した。それから、ＬＡからずっと東に走ると、オンタリオ国際空港があります。滑走路長は十分だが、そのセントラルから六〇キロもあり、しかも対向車線は避難民の車で大渋滞。遠くて、なお不便です。

セントラルから、北のいわゆる〝ヴァレー〟です。まず、以前はボブ・ホープ空港として知られたハリウッド・バーバンク空港があります。セントラルまでほんの二〇キロもない。しかし、滑走路長が二〇〇〇メートルしかない。これも空自が難色を示した。そもそもここも住宅街に囲まれて、非推奨。そのハリウッド・バーバンク空港の真西にハリウッドの有名俳優らがプライベート・ジェットを運用するヴァン・ナイズ空港があります。滑走路長二四〇〇メートル。使えないことは無いが、ここはとっくに99パーセントが占拠して、空港としてとても使い物にならない。どこかで、ここを奪還する作戦は必要になるでしょうが。

最後に、ＮＡＳポイント・マグー海軍飛行場です。ここは米海軍航空隊に於ける、岩国基地みたいな所だそうです。あるいは空自の岐阜基地。いろんな実験をしている。滑走路長は三四〇〇メートルあり、短いものの横風用滑走路もある。何より、ここがお勧めなのは、住宅街から遠いことです。海岸沿い、北と東が陸地だが、畑が広がり、応戦時にも撃ちまくれる。そして、そこは今も米海軍がちゃんと守っている」

「でも遠いよね？　セントラルまで直線距離で七〇キロ。陸路移動は最短でも一〇〇キロを超える」

「海岸線沿いに走ればＬＡ随一のリゾートが広がるサンタ・モニカ山脈ですよ？　贅沢な悩みです。それに、セントラルへと向かうルートは、この海岸線寄りと、サンタ・モニカ山脈の北側を走るヴァレーのルートで大きく二本ある。ヴァレーの内陸ルートを取るならば、沿線の治安を回復しつつの行軍もできる。出撃基地は安全が最優先ですよ」

「ヤキマからクインシーの移動とほとんど同じ距離だ。そっちの一〇〇キロは、渋滞してまともには走れなかったがな。こっちは危険な住宅街を走ることになる」

「治安回復が目的ですからね。ポイント・マグーを起点に、治安を回復しつつ、まあ数日がかりでセントラルまで辿り着く感じでしょうか。途中に、補給用のデポも設けましょう。それくらいは米側の協力が欲しいが」

「海岸線沿いに走るのが一番楽なわけだが、可能か？」

待田は、衛星写真をズームした。海岸線沿いに住宅街が見えて来る。

「ほら、随所に、コバルト・ブルーの四角い代物が写っているでしょう。これ全部、戸建ての専用プールか、あるいは戸建ての専用テニス・コートです。超の上に超が付くような高級住宅地が海岸沿いに何キロも並ぶ。もちろん今は略奪に遭って、あちこち火の手も上がっていますが、何しろ一戸一戸の面積が広いので、延焼せずに鎮火したケースがほとんどです」

「不思議に思うんだが、アメリカって、個人で軽飛行機とか持っているよね。連中はいったいどこでトレーニングして、その機体は普段はどこに置いているんだ？」

待田は、モニターの一つを切り替えた。

「北米のエンルート・チャートやＴＰＰマップとかに、いわゆるジェネアビ航空用の飛行場というのがあちこち記載されています。ＬＡ周辺だと、ゼネラル・ウィリアム・Ｊ・フォックス飛行場、ホワイトマン空港、ここはボブ・ホープ空港のすぐ北ですね。ブラケット・フィールド空港はオンタリオ空港の少し手前。コンプトン・ウッドリー空港は、セントラル・サウス、ちょっと治安が悪いエリアの南端。サン・ガブリエル・バレー空港は、エル・モンテ空港に名前が変わったけれど、これもセントラルの東三〇キロですね。どの空港、飛行場も、双発プロペラ機程度の運用を前提としています。滑走路長はせいぜい一二〇〇メートル。Ｃ‐２の離着陸は可能でしょうが、空港としての規模を考えると、あっという間に避難民に取り囲まれることになります。ただ、オスプレイのパイロット等は、緊急着陸先として、これらの滑走路の情報は全て持っています」

「わかった。部隊の指揮通信を〝エイミー〟に委譲し、〝メグ〟の全システムをシャットダウン。Ｃ‐２に乗せろ。ナンバー1はもう向こうに着いた頃か？」

「はい。間もなく着陸です」

「沖合にいる解放軍が気付く前に、部隊移動を完了させるぞ。連中はわれわれの展開に気付いていると思うか？」

「少なくとも、衛星では丸見えですよね。ここヤキマ空港にＣ‐２がひっきりなしに降りている様子は把握しているでしょう」

「ところで娘はどこだ？」

「第一便で向かいました。あちらには、ロスアンゼルス総領事館があるはずですが、どうなっているのか状況は不明です」

「外務省のことだ。あいつら逃げ足だけは早いからな。そもそも、平素七万もいるＬＡの居留民を、一人残らず脱出するまで見守るなんてことも無理だろう。とっくに逃げ出した後さ」

オスプレイが戻ってくる頃には、辺りはもう暗くなっていた。ツイン・オッターの隣に着陸すると、八人の民間人が降り、ツイン・オッターに乗り込んでいく。ここからシアトル空港へと飛ぶことになっていた。シアトルは騒乱状態だが、空港と、その周辺の治安だけは確保されていた。

あとは、日本までの航路の安全をどう確保するかだった。

ヤキマやクインシーで共に戦った米側関係者が、MRAP装輪装甲車が照らすヘッドライトの灯りの下で、第3水機連の面々に別れの挨拶をしていた。そこではとりわけ、八面六臂《はちめんろっぴ》の活躍を見せた一人の小隊長が大人気だった。

土門も、その輪に加わった。水機団一個小隊を率いて山火事現場に空挺降下したマイキー・ベローチェ予備役陸軍少佐には、日本に来る機会があったら、必ず習志野に寄るよう告げた。次から次へと無茶な要求を出して陸自側をきりきり舞いさせたカルロス・コスポーザ予備役陸軍少佐には、

「山火事はどんな状況かね？」と尋ねた。

「まだ安心は出来ない。カナダ国境を越える火災に関しては、手の打ちようもないので。自然の成り行きに任せるしかありません。彼らにまたお世話にならず済むことを祈ってますよ」

「私もだよ。クインシーの戦いでは戦死者を出す羽目になった。それが報われることを信じたい」

アルコール・タバコ・火器及び爆発物取締局（ATF）のナンシー・パラトク捜査官は、土門に敬礼してから笑顔で口を開いた。

「お嬢様によろしくお伝え下さい！　平和が戻ったら、シアトルで、安くて美味いお店を紹介するからと」

「伝える。捜査官も元気でな。この次、演習でヤキマに来ることがあったら、水機団の面々が、君

のためにパーティを開きたいと言っていたよ」

「はい。楽しみに待ちます」

別れを告げると、原田三佐を拾った都市部展開汎用指揮通信車〝エイミー〟が走ってきた。土門はそのキャビンに乗り込んだ。

「報告！――」

「はい。林家、林《はやし》さん一家は、日本のＩＴ企業のシアトル支局社員で、燃料が少ないまま避難するしかなく、サブスク・サービスで契約していたＧＰＳナビが、ネット回線が切れたことで使えなくなり――」

「いや、それはないだろう。せいぜい精度が落ちる程度じゃないのか？」

「どうでしょう。ここはアメリカですからね。道を迷ってどんどん登りに入ってしまった。そこで、山荘というか、山荘ホテルの灯りを発見し、いっぱいだった駐車場から、たまたま一台の車が出る所を目撃してそこに止めてみたと。そのホテルの経営者が人間的に良く出来たご夫婦で、一家を歓迎してくれた。部屋は無かったが、家族四人が寛ぐ程度の空間はロビーにあったし、食料も貰えたそうです。そこのご主人がずっと無線を聞いていて、自衛隊がヤキマに展開して暴徒と戦っていることは知っていた。それで、無線を繋いで、ここに日本人家族がいることを伝えてもらえたと。経営者と話しましたが、自家発電と太陽光で、一週間程度は電気は保つ。水は豊富だし、あとは食料くらい。誰も怪我や病気しないことを祈っているが、無線が使えるから助けは呼べると」

「何人収容しているんだ？」

「二〇〇名。外国人は、林さん一家だけだったようです」

「へぇ。奇特な人もいるもんだな。でもその無線ってのは、バトラーみたいな陰謀論者が、地球は平面だ、議会へ押し入れ！　と大衆を煽っているんじゃないのか？」

「それが、林さんから駆け足で聞いたのですが、彼自身、奇妙な無線を聞いたそうです。符牒で相手の素性を確認した上で、これも半分、符牒を含むやりとりで、安全なエリアや、医療サービスが受けられる場所を案内する無線が飛び交っていたそうです。彼が経営者から聞いた所では、組織的な活動だが、明らかに軍でも行政組織でもない。自分もよく知らないが、位置的に山荘は高所にあり、無線の中継点として適していたので、積極的に協力した。彼らの信頼を得て、情報を貰えるようになった。その情報は正確だったと」

「なんだそりゃ。今時、レジスタンスみたいな話なのか……」

「聞く範囲内では、レジスタンス活動に近いでしょうね。誰でもそこにアクセスできるようだと、バトラーやロシアに襲撃されるでしょうから」

「いったいどういう代物なんだろうな。ＮＳＡが――」

「無理だと思います。ＮＳＡの諜報網は、国の外に向いているから」

「そうだが、一応Ｍ・Ａに報告しておこう。それ、本拠地はどこなの？」

「わかりません。シアトルかポートランド辺りだろうとは思いますが……」

二人が乗ったまま、〝エイミー〟はＣ‐２輸送機に収容された。前方には、軽装甲機動車が一台乗っていた。車止めを含めて、車体がガチガチに固定される。

ヤキマは、当面、邦人の退避拠点として使われることになる。ここを守るための増援部隊は、民航機に乗って向かっている。自分らがここに戻ってくる必要がないことを土門は願った。そういう

事態になるということは、カナダ軍がシアトルの制圧に失敗したということに他ならなかった。

二人のFBIと二人の警官が乗るニッサンのNVパッセンジャーは、ロスアンゼルス川の東側一マイルの所で、無人の民家の庭先にエンジンを切って隠れていた。この辺りは、平和な時でも、そう治安が良い所では無い。

コミュニティFMが近くで開局していた。そのラジオ放送をずっと聞いていた。

「ワッツだってぇ？　選りに選ってわれわれはそんな所に向かっていたのか……」

とジャレット捜査官がぼやいた。

「正直、私もワッツに近寄るのは勘弁してほしいわね」

とカミーラ・オリバレス巡査長も反対した。

「この辺りのこと知っている？」とジャレットがオリバレスに聞いた。

「全然。だってこの辺りに配属された頃は、誰もパトロールで近寄りたがらなかったもの。ワッツ暴動もあったし……」

「FBIでLAに駐在する者は、必ずワッツ暴動の歴史を習う。あれも警官の逮捕劇が切っ掛けだった。ワッツ暴動規模の騒乱は、その後、一九九二年のロドニー・キング事件まで起こっていない。あの事件は興味深いことに、事件現場とは全然関係の無い場所で暴動の火の手が上がった。ヘンリーが生まれるずっと前のことだが、ワッツ暴動を知っているか？」

「ええ。父や母から何度も聞かされました。確か一九六五年の騒乱事件ですよね。第二次大戦で、日系人が七万人も収容所に隔離され、あちこち空き家が出て人口も減ったことで、LA当局は、近郊からの移住政策を推進し、ワッツ地区もその一つでした。主に黒人向けに土地が解放された。ただ、貧困状態が解消されることはなく、六五年の暴動に至り、最近も、万引き無罪法による小売店舗の閉鎖などで、さらに人口は減っているはずです」

「サウス・セントラルの南東端よ？　そんな所に入らなくても、リトル・トーキョーには辿り着けるじゃない。そもそもリトル・トーキョーって、ロスアンゼルス川に沿っているんだから、今ここで川を渡る必要もない」

「そうは言っても、娘さんが待つ家は、サウス・セントラルのさらに向こうだろう？　それにまあ、面白そうじゃないか？　エリアの中は安全だと言っているし、医療サービスも提供できると」

「何かの罠だったら？」とオリバレスがあくまで懸念を示した。

「大きな総合病院がありますね。マーチン・ルーサー・キング牧師の名前が付いている。105号線を渡ると、向かいがその医科大学です。その隣の隣は消防署。ここ本当にそういう治安が悪いエリアなんですか？　立派な公共施設が何カ所もありますけど」

チャン捜査官が、ダウンロードしたマップをスマホで確認しながら言った。

「貴方は、ＬＡのサウス・セントラルを知らないから……」

通りを、ハザードランプだけ点した乗用車が通った。その西、ロスアンゼルス川へと向かっていた。

「ギャング団から橋を取り戻すための戦いが始まっている。武装している市民は加勢してくれとラジオが言っているぞ……」

散発的だが、西側から銃撃音は聞こえていた。

「そんなこと、何かのボランティア団体が言わないでしょう。ああいう連中は、根っからの非武装非抵抗主義者よ」

「そうかなぁ。こういう状況では、非暴力主義者でも戦うだろう。こっちには銃もあるし、狙撃手もいる。橋を奪還しろということは、少なくともギャングじゃない。われわれは法執行機関であり、善きサマリア人であるべきだ！」

「ニック、僕は狙撃手じゃありません。しかし、ここはプロファイラーとしての根拠を示すべきですよね？」

と運転するアライ刑事が言った。

「わかった。このラジオ放送。明らかに用意されたテキストを読み上げている。発音に癖は無く、放送局とか、そういう仕事にいる人間の、つまり放送の仕事に従事した経験を持ち、発音が難しい単語を読み上げている所からして、明らかに高等教育を受けている。少なくとも、サウス・セントラルで一日中ラリっている連中ではない。どういう連中かは知らないが、サウス・セントラルに踏み留まり、この辺りの治安回復に当たっている連中がいる。たぶん地元民の有志だろうが、無視はできないぞ。それに、ワッツはサウス・セントラルでも端っこだろう。端っこから治安回復を試みるというのは、悪いアイディアじゃない。戦術的にも正しい方法だろう？　軍人でも関与しているんじゃないか」

「わかりました。行きましょう！」

納得したアライ刑事は、エンジンを掛ける前に、チャン捜査官のスマホを借りてルートを検討した。そして、後部座席を振り返り、チャン捜査官にスマホを渡しながら説明した。

「われわれがいるのは、サマーセット・ブルーバードから二本北に入ったストリートで……。サラッド・パークは横断できそうにないから、一回だけ、サマーセット・ブルーバードに出る必要がある。最初の角、サン・マリーノ・アベニューで右折。三本目の筋、サン・マルクス・ストリートで左折、川へと向かう。そうしないと、橋を攻撃している対岸からの流れ弾を喰らう可能性がある。ナビ、よろしくね」

とスマホをチャンに戻した。

「あんたたち、ひょっとして出来てんの？」

とオリバレス巡査長が聞いた。

「あっ、こんな時にそんなこと言いますか？」とチャンが抗議した。

「若いって良いわよね……。あの頃に戻りたいわ」

アライ刑事は暗闇でフフッと応じただけで、エンジンを掛け、路上へと戻った。だが、サマーセット・ブルーバードの大通りに出ても、車は全くいなかった。避難してくる車も、橋へと向かう車もいない。

「まあ、好き好んでワッツに向かおうという避難民もいないだろうな。何の利益もない。サウス・セントラルに立て籠もる一般市民には、橋の解放は利益があるが、橋のこちら側にいる連中にしてみれば、むしろあっちからの避難民はお断りしたいだろうし」

住宅街の中に入ると、どこももぬけの殻だった。少なくとも、灯りはないし、路上には略奪した後のごみが散乱していた。

「ここ、本当にそんな荒れたエリアなんですか？　戸建てには柵もあって、普通の住宅街に見えますけど？」とチャンが窓の外を見ながら言った。

「明るい時間帯に、ここから川を渡って対岸に入ればすぐ理解出来るわよ。風景が変わるから」

川沿いの住宅街の行き止まりで、車を一八〇度回してから、エンジンを止めた。川の対岸で激しい銃撃戦になっていた。護岸の土手部分の盛り土は高さがあって、そこから顔を出さない限りは、流れ弾が飛んでくる心配はなかった。

それぞれ銃を持ち、マガジンを確認して外に出る。月灯りがあって、夜目がきくようになると互いの表情も読み取れた。

しばらくすると、アライ刑事が、銃を左手に持ち、暗闇を見詰めて両手を上げてホールド・アップの姿勢を取った。そこに何者かが潜んでいる様子だった。銃口がこちらに向いていた。

ジャレットが、その暗闇に向かって「大丈夫だ！　われわれはFBIと警察だ！」と声を上げた。

コンバット・ブーツにパンツ。黒っぽいTシャツはたぶん海兵隊だ。女性が現れた。黒人だと思ったが、顔をドーランで塗っているだけだった。

持っている銃は、アサルトではなく狙撃銃だった。

ジャレットがFBIのバッジを見せて自己紹介した。

「すみません。私はもう民間人なので、その手の身分証はありません。サラ・ルイス元海兵隊中尉です」

「士官が狙撃手？　しかも海兵隊がM24？」

とアライ刑事が怪訝そうに聞いた。

「だってこの状況では、M24しか手に入らないでしょう。スカウト・スナイパー指導教官課程出身です」

「まじで！　あそこを女性士官が出たら海兵隊新聞に載る。まだほんの数人しか出ていないはずだ」

「はい。私もその一人よ。ほんと、こんな古くさい銃は勘弁してほしいけれど、でも訓練では結構撃ちまくったから、贅沢は言えないわ」

「貴方、臭うわね……」

とオリバレス巡査が指摘した。

「今、みんなが糞尿を垂れ流しているロスアンゼルス川を泳いで渡ってきたんです！　そりゃ臭いますとも。シャワーはもうどこにも無いから、せめてミネラル・ウォーターでもぶっかけてもらいたいわ！」

よく見ると、確かにずぶ濡れだった。

「たった一人で、橋上のギャングを掃討しようとしていたのか？」

「問題ありません。対岸で味方が惹き付けてくれている隙に一人ずつ狙撃するだけですから。ただ、私がちょっと遅れたのが災いして、早めに交戦が始まってしまった。ＦＢＩはいつからサウス・セントラルの治安に関心を持つようになったの？」

皮肉げな響きがあった。

「君も訳ありのようだから、話は後にしよう」

「それがいいわね。皆さん、囮になってくれると助かります」

「距離は？」とアライが聞いた。

「ほんの三〇〇ヤードよ。暗視スコープもオプティカル・サイトも要らない」

「そう。じゃあ掛かろう。陸軍マークスマン出身です」

アライ刑事とルイス中尉は、土手を上って首だけ出した。

「橋の二カ所、東と西でドラム缶が燃えているでしょう。あのドラム缶から五〇メートル手前に見張りが潜んでいる。まずそいつから撃って。そして貴方は西へと撃っていく。私は西から東へと撃ちます。私のはボルト・アクション。あなたは自動小銃だから、貴方の方が次弾発射は速いわね」

「プレッシャーになりますね」

「ついさっき、東のサン・ガブリエル川で、橋を一本奪還というか、解放されたとのニュースが入って、われわれも……。貴方たちの仕業だったの！」

「ええまあ。どうしても前進する必要があって」

「援護も無しに無茶よ」

「人のことは言えないと思いますが。掛かりましょう！」

アライ刑事は、ジャレットとオリバレスを左手に配置し、ルイス中尉ともそれなりの距離を取ってターゲットを探した。

ドラム缶の灯りから隠れるように、ＳＵＶの下に隠れている男が一人いた。道路の対岸を見張っているようだった。さっきのギャングより警戒している。

だが、タバコの火が見えた。タバコではない何かの葉っぱを吸っているのだろう。

アライは、その男の胴体を狙って初弾を撃った。だが一発目は、欄干の鉄柱に嫌われた。火花が散った。男は、全く無反応だった。たぶん葉っぱのせいだろう。冷静に次の弾を当てた。二〇ヤードほど上流でルイス中尉も引き金を引き始める。

海兵隊の狙撃銃指導教官なら、この至近距離で外す心配はなかった。結局、ジャレットやオリバレスが発砲することは無かった。その必要は全くなかった。三〇秒以内に最後の敵まで一人残らず排除された。

「ニック！　われわれはこのまま歩いて土手沿いに橋に出ます。車を回して下さい」

橋の手前で合流する頃には、対岸から最初の車列が渡ってくる所だった。

ルイス中尉が三列目の座席に座ってくると、一気に臭いが立ちこめた。

「このドブ川は今、こんな酷い状況なのか！」

とジャレットが呆れた。

「どうしてみんなが川沿いの公園でキャンプしていると思います？　飲料水が欲しいからじゃなく、そこで垂れ流せるからです。臭いも残らない」

アライ刑事は、車を路側帯に寄せて止め、ライトのパッシングで避難民を誘導してやった。

「中尉は、そのワッツの医科大にいるとかいうボランティアのスタッフなのかね？」

「はい。そういうことになりますね」

「いったいどういう連中なんだ。無線機があり、ラジオ局まで持っている。こんなと言っては何だが、この治安のよろしくない場所で」

「偶然、ここにそれが集まったということでしょう。それより、ＦＢＩがここで何をしているんですか？　治安回復部隊にも見えませんが……」

「捜査で来た。普通の事件だ。殺人事件。こんな争乱になっても、捜査の手は緩めない」

「ああ！　陸軍出身の東洋人の刑事。リリーの陸軍同期って、貴方のことだったのね？」

「なんだ、君ら中絶ネットワークの仲間なのか？　配管工だろう」

「配管工は止《よ》して下さい。イメージがよくない。それに、いくらカリフォルニア州の援助があると言っても、ＦＢＩに知られるのは拙いわ」

「驚いたね！　君らが、このボランティア活動の核になっているのか？」

ジャレットは事実驚いた顔をした。

「ノーコメントです」

「君らの存在と行動は、ＦＢＩの分類に従うなら、ある種のスパイ組織であり、レジスタンス活動だぞ」

「私は誇りを持っています。どうします？　その本部まで行きますか？　お礼にお茶くらい出しますよ。私は手前の消防署で水浴びして早く着替えたい」

「ここから、その医科大まで安全なのですか？　橋を渡った後、五マイルはある。途中、もう一本川を渡るようですが」

　とチャン捜査官が聞いた。

「幹線道路はもう確保しました。ワッツと、その南側の、マーティン・ルーサー・キング総合病院があるウィローブルックに関しては、徐々に治安回復中です。護衛付きの消防車が巡回して、略奪はほぼ止めました。ここから橋を渡った先のイースト・コンプトンとコンプトンに関してはこれからね。そこをたぶん三マイルくらい突っ走ることになる。でも避難民の車が走ってきたということは、途中で襲われるようなことはもうないでしょう。ヘッドライトを点しても安全です。われわれは安全だと判断したから、ラジオの出力を少しずつ上げて、避難民に安全と、医療施設の案内をしました。食料もある程度ならありますが、それを言うと殺到するから控えています。それでも、ちょっと収容人数を超える避難民が押し寄せて、一触即発の危険な状況になりつつあったので、東へのルートを確保して、エリアから出たい住民はそうできるようにしたかった」

「路上に死体は？」

「それはまあ、ありますよね。気付くたびに、警戒しつつ、とりあえず脇に退《の》かせるよう命令はしていますが。明るい内に処理できたものはだいたい脇にどけたつもりです」

「それにしても無茶ですよ。治安回復されていないエリアを、誰かに送ってもらったのでしょうが、バディも連れずに一人で川を渡るなんて」

　とアライが呆れ顔で言った。

「軍隊出身者は何人もスタッフにいるけれど、残念ながらスナイパーのスポッター役が務まるレベルの軍出身者はいなかった。正直、視界を遮るものもない河川敷に一人で降りた時は後悔したわ」

「ヘンリー、車を出せ。たまにはアクセルを踏み込め。それに、風でも入れてこの臭いをなんとかしなきゃたまらんぞ」

アライ刑事は、ヘッドライトを点して橋を渡り、イースト・コンプトンへと入った。路側帯や歩道に人が倒れているのがヘッドライトに照らし出された。数十メートル置きにその手の遺体が転がっている。半数が黒人のようだった。

「ここは今も黒人が多いの？」とジャレットがオリバレスに聞いた。

「ここだけじゃなく、ＬＡ全般に言えることだけど、もともと黒人の居住エリアだった所は、黒人の数が減って、私のようなスパニッシュが増えたわね。直にＬＡでも黒人は少数派になるでしょう」

アライは徐々に速度を上げ始めた。

「どこで右折すれば良いんですか？」

「ここから一マイル走るとライトレールのコンプトン駅。線路を渡った辺りはほぼ安全圏よ。そこからハーフマイルでノース・ウィルミントン・アベニューと交差。そこで右折です。右折したらもう完全に安全よ。裸で歩いても襲われない」

ライトレールの踏切を渡り、ハーフマイル走った先で右折した。ここから先は違うことがすぐわかった。歩道にも死体は無かった。全て片付けられたのだ。

「死体はどこに？」

「確か病院近くの使われていない公共施設よ。何しろここは良く死人が出るから、病院にも消防署にも、死体袋だけは山ほど置いてある。でも、死体が腐る前に検視解剖は無理ね。人手が足りない」

「ハッカネン先生を連れてくるんだったな。まだまだ十分現役だぞ、あの人は」

とジャレットが独り言のように言った。

「あと、どのくらい?」

「ええと。交差点を曲がってから丁度二マイルと覚えているわ」

だが、一マイルも走ると銃声が聞こえてきた。それも、銃撃音というより、銃撃戦というレベルの撃ち合いだった。

「ありゃ?……。だから、ラジオでの告知はまだ早いかもと言ったのに」

「だいぶ、ギャング団の恨みを買ったようだな。向こうには、軍隊レベルの指揮をとれる人間はいるのか?」とジャレットが聞いた。

「いえ。残念ながら、士官経験者も鬼軍曹もいない。困ったわね……。まず、消防署まで辿り着きましょう。流れ弾が飛んでくるから、少し速度を上げて」

「了解です。でも消防署は戦場に近すぎやしませんか?」

「そこまで車で近付いて流れ弾に当たるも、手前で降りて歩いて流れ弾に当たるも同じよ」

「あの……、こんな時になんですけど、さっき地図を見ていたら、飛行場を見付けました。このすぐ南側に」

とチャン捜査官が言った。

「そうよ。さっき曲がった所で逆に左折して南へ二マイル走ると、コンプトン・ウッドリー空港がある。リリーの機体は、普段そこに置いてある。今は危険だから、どこに避難したのかしら。中絶希望者はそこに降りて、LA郡内のクリニックへ直行。処置を終えて休んだら、公共輸送機関で住んでいる街に帰る。それが難しければ、処置を終えたその足でまた飛行機に乗せて帰すことにしている」

消防署に車ごと突っ込んで止めた。消防隊員らは、頑丈な消防車を盾にして身を潜めていた。

「どこと撃ち合っているのよ？」

「総合病院前に建つ郡のメンタルヘルス・センターを乗っ取られた！　道路を挟んで医科大の建物と撃ち合っている。一五〇ヤードも離れていないのに、お互い当たらないね！」

と分隊長が怒鳴った。

「さて、中尉さん。作戦はどうするね？」とジャレットが落ち着いた様子で聞いた。

「医科大のこちら側に、看護師養成学校の建物があります。私はそこに入って、上から狙撃します。皆さん、申し上げにくいのですが……」

「そのメンタルヘルス・センターに入って掃討しろってか？」

「警官もFBIも、アサルトよりピストルの方が上手ですよね。それに、建物の制圧は軍より専門のはず」

「よし来た！　ドローンの映像だぞ――」

消防隊員が、タブレット端末を持ってきた。

「メンタルヘルス・センターと言ってもでかい建物だな……」

屋上で腹ばいになり、六、七人の男がピストルを撃っていた。消防署の通りに面した正面玄関に二人いた。

「この二人からまず倒しましょう」

「了解。貴方は左。私は右ね。分隊長。大学にいる部下に無線で状況を報せて下さい。騎兵隊が建物の制圧に掛かると！」

消防車の下に隠れて腹ばいになり、ルイス中尉はM-4A1を、アライはM24を構えた。距離二三〇ヤードという所だ。

二人とも一発で黙らせた。

「みんな九ミリ・パラの弾丸、余計に持っていってよ！」

　ジャレットも、ギャングが置き去りにしたらしいグロックを持っていた。

「僕がM‐4で先鋒。カミーラがピストルで援護。銃を撃てないニックはルーシーと」

「私が壁になった方が良いんじゃないのか？」

「いえ。そのガタイは目立つ。大丈夫、任せて下さい。軍隊で言う近接戦闘《CQB》です。われわれとは十分距離を取って下さい」

　隣に、五階建ての巨大な駐車場ビルがあった。いったんその後ろに回り、メンタルヘルス・センターの壁に沿って移動した。ここでは、味方からの誤射が心配になる。素早く走ってセンターの玄関に飛び込んだ。さっき狙撃した二人が倒れている。随分小柄に見えた。女だろうかと一瞬思ったが、確かめている時間はなかった。

「しまったな……。建物の構造を分隊長に聞いておくんだった」

「全く窓のない建物だったわよ。ひたすら上を目指せば良いわ」

　せめて灯りがあればと思った。ヘッドライトを点して走っていたせいで、夜目が弱っていた。オリバレスは、グロック19をホルスターから抜いて、銃口の下のフラッシュライトを点した。すでにバッテリー切れで、あまりにも弱々しい灯りだったが、夜目を失わずに周囲がわかる。

　微かに階段が照らされた。「ニック、このフロアと玄関を守って下さい」とアライは階段を昇りだした。

　だが、三階の踊り場まで出た所で、アライはハッと気付いて立ち止まった。

「子供だ！――」

　オリバレスを振り返って、小声でそう囁いた。

「何それ？」

「玄関を守っていたのは少年だった。このビルに押し入ったのは少年のギャング団だ」

「それがどうしたのよ？　あんたが暮らすテキサスの田舎町じゃ、子供達は外でボールを蹴って家じゃゲームでもしているのかも知れないけど、ここLAじゃ、少年ギャングは立派な犯罪者よ！　それしか生きる道がないんだから。殺されたくなけりゃ、黙って引き金を引きなさい！　嫌なら私の後ろに下がりなさい！」

子供と視線が合って銃の引き金を引けるのか……、とアライは自問自答した。スウィートウォーターじゃ、テキサスじゃ、そんな心配をする必要はまずない。せいぜいハイスクールでの立て籠もり事件がごくごく希《まれ》に起こる程度だ。SWATはそういう事態への精神的訓練も積んでいる。だが自分はそうじゃない。

屋上への扉は開け放たれていた。ギャング団を惹き付けるための発砲が続いていたが、射線は微妙にずらされていた。

屋上に出ようとすると、オリバレスが腰を引っ張った。

「下がってなさい。交替よ」

オリバレス巡査長は、強引に前に出ると、中腰のまま歩き、屋上の縁に取り付いて銃撃を続けているギャング団の後ろに迫った。左から二人をダブル・タップで背中にお見舞いし、こちらを向いてマガジン交換していた少年にも二発喰らわせ、最後、四人目に掛かろうした時、相手の方が先に反応したことに気付いたが、その少年は、引き金を引こうとした瞬間、右手のビルから、ルイス中尉に頭を吹き飛ばされた。

もう三人が右手の離れた所にいたらしいが、全員が狙撃されて倒れていた。

「クリアよ！――」

とオリバレスが叫んだ。アライ刑事は、プレート・キャリアのポーチからレッドフレアを出して着火し、その場に投げた。終わったとの合図だった。

「みんなまだ、ほんの子供だ……」

まだ全員、せいぜい十五歳くらいにしか見えなかった。

「そうね。汚れ仕事を引き受けてくれて有り難う！　と聞こえたわ。この子達は、どうせ二十歳までは生きられない。長生きして十七歳が限界。ここはそういう街なのよ」

アライは、ひとまずやるべきことをやった。全員即死ではない。その子供たちから、一人一人、銃を取り上げ、あるいは蹴って放し、まず自分たちの安全を確保した。そこいら中に空薬莢が転がっていた。数百発の空薬莢《からやっきょう》が転がり、それを踏んで時々、転びそうになった。

ジャレットとチャン捜査官が上がってきた。

「下は大丈夫なの？」

とオリバレスが聞いた。

「向こうから武装したボランティアがくる」

「まだ、ほんの子供じゃないの……」

とチャン捜査官が死体を見て驚いた。

「まだ、息がありそうだけど、どうすれば……」

「幸い、消防署がある。彼らに任せよう。助かる者は助かるだろうが……。みんなで彼らの武器を回収して下に降りるぞ！」

ジャレットがそう命じると、全員で銃と弾薬を回収した。弾薬が入ったザックやトートバッグを血の海から回収した。まだ息があって、苦しそうに呼吸している音が聞こえてくるが、彼らに出来ることは無かった。

陸軍の救命キットが詰まったポーチがあったが、誰もそれを開けようとはしなかった。それで救えるとは思えなかったからだ。

「いったいこの街は何なの?……。この子たちには、お金も仕事も無いのに、どうして銃と薬物だけは溢れているのよ……」

とチャンが嘆いた。

「その銃と、薬物が、この街の地下経済を回しているからよ」

消防隊員はまず負傷者をそこで手当てしたが、隣の総合病院に運び込むようなことはしなかった。医師は疲弊し、医薬品も尽き掛けている。担架で死体を下まで降ろし、死体袋に入れてロビーに並べただけだった。

消防署で放水を浴びて隊員の私服に着替えてきたルイス中尉と合流して医科大へと向かった。付近の銃声はもう収まっていた。静けさを取り戻しつつあった。

消防車が投光器を点灯させ、そこに希望の灯りがあることを避難民に告げていた。

# 第四章　レジェンド

ジャレットらは、医科大学へと入った。スタッフ用の仮設トイレが中庭にあるというので、まずそちらで用を足してから、教室が並ぶ二階へと上がった。

ルイス中尉が、指令室、無線室、武器準備室、物資保管室、休憩室と案内してくれ、また逆に戻った。休憩室では、床に段ボールを敷き詰め、ボランティアの若者たちが雑魚寝していた。スタッフの七割は黒人だった。

武器室には、アサルト・ライフルを含む武器が置いてあり、それを管理する軍出身のボランティアも待機していた。ジャレットらが少年ギャング団から回収したピストル類は、血だらけのものもあったが、歓迎してもらえた。ここにある武器の相当数が、もともとの出所は、その手のギャング団から押収したものらしかった。

そして無線室。仕切りで区切られたブースで、ヘッドセットを掛けたスタッフが、ノートにメモを取りながら各地とやりとりしている。FM放送を流すブースは、遮音のためにボックス型になっている。それらのケーブルが束ねられ、何本も廊下を這っていた。

指令室では、壁の三面に、びっしりと手書きの地図が貼られていた。このセントラル・サウスのエリア一帯が描いてあった。

各部屋とも、天井からLEDライトが下がっている。十分な灯りがあった。

オリバレス巡査長が、その地図を見て「何これ！——」と声を上げた。

「このブルーのラインが、治安回復できたエリアなの？　北はもうバン・ネスの辺りまで安全になっているじゃない。うちまであと少しだわ」

赤い点々が無数に描かれているのは、たぶん死体を発見した場所だろう。×印は、交戦が発生した場所だ。

ジャレットは、眼鏡を掛けた三〇歳前後の黒人に話しかけた。いかにもインテリそうな男性だった。

「君がここの指揮を執っているのか？」

「はい、そうです」

「リーダーと話したいのだ。君が最高責任者？」

「はい」と男性は自信をもって応じた。

「いやいや、そうではあるまい。このテーブル、君は良い所に立っているが、上座はその斜め向かいだろう？　パイプ椅子ではない普通の椅子が置かれた場所で、しかも眼の前の空間には何も置かれていない。綺麗にしてある。ということは、そこに座る人間がいるということだ。君はリーダーではない。それとも、君がミラクル7なのか？　君はたぶんミラクル5辺りだろう、階級としては」

男性は、いったいどう反応すれば良いんだ？　という視線でルイス中尉に助けを求めた。

「若者を虐《いじ》めちゃ駄目ですよ、捜査官」と中尉が窘《たしな》めた。

部屋に入ってきた誰かが、暗がりから「私がミラクル7だ——」と告げた。ひょろっと痩せ細った黒人だった。背筋はピンと伸びてはいるが、いずれにせよ老人。八〇歳近くには見えた。

「武器室で話そう。あそこが一番静かだ。誰か、彼らにコーヒーでも持ってきてくれ」

老人はスタスタと歩いて武器室に入り、人払いした。

「名乗っても良いが、私はもう何の仕事にも就いていないただの年寄りなので、名前に意味はないな……」

「その必要はありません、教授。ルーカス・ブランク元UCLA法学部政治哲学教授。公民権運動の伝説の闘士にして生き字引のようなお人だ。ベトナム反戦運動では、脱走兵をカナダへ逃がす配管工《プラマー》ネットワークで、重要な役割を担った」

ジャレットは、のっけから言い当てて見せた。

ブランク教授は、穏やかな笑みを称えながら首を振った。年老いてはいるが、鋭い眼光の持ち主だった。

「止してくれ。君らＦＢＩは未だにそう言って私を非難するが、あの頃はただの下っ端だぞ」

「では、教授。あとはお任せしますね」

とルイス中尉が部屋を辞した。

銃の使い方の説明を受けるためか、椅子が車座に並べてあった。ブランク教授は、アサルト・ライフルが無造作に置かれたテーブルを背に立って、そこに座るよう促した。

「ワッツ暴動を体験した世代ですよね？」

「ああそうだ。私はここワッツの出身で、あの暴動では、警官隊に石を投げつけたものだよ。この街からベトナムに出征し、帰国後運良く大学に入れて、公民権運動と出会った。なぜ君は私のことを知っているのだ？　というか私だと思った？」

「中絶希望者を飛行機まで使ってわざわざカリフォルニアまで運んで、また戻すというのは、大がかりな計画であり作戦です。たぶん、ここだけの話ではない。恐らくサンフランシスコにも、同様の配管工ネットワークがあり、それは全米中にネットワークを持っているはずだ……」

ブランク教授は否定も肯定もしなかった。

「そんなネットワークを構築して運営できるのはどんな人間だろうと思った。ある程度、資金集めの才能があり、その界隈では有名人で、それらネットワークの秘密を守りつつ、維持拡大できるだけのノウハウを持つ人間。それなりの年齢で、恐らくはベトナム世代。ＦＢＩや軍警察とも戦った経験を持つ人間ということになる。その拠点が、セントラル・サウスのここワッツにある……。貴方以外にはいないでしょう。最近、ある人物に関して、その人物評価レポートで、貴方の名前を見た記憶があります」

「ああ、バトラーか？……。言わせてもらうが、彼がＵＣＬＡに来た時、私はもうとっくに引退していた。惚け予防に、週一回程度で講義していたが。彼が私の講義を数回覗いた程度だろう。直接話をした機会があったかも知れないが、私は記憶していない。そんなに君らは私のことを根に持っているのか？　中絶クリニックを爆破して歩く過激派を追い掛けた方がよほど世の中のためになるぞ……」

コーヒーが運ばれてきて、テーブル付きの椅子に座った彼らは、学生と教授よろしく対面する格好となった。

「この部屋、火薬以外の何か、変な臭いがするわね……」

とチャン捜査官が言った。

「薬品の臭い。ボアー・ソルベント。ライフルの銃腔を掃除する時に使う。腐食性が強くて人体には有害だ」

とアライ刑事が解説した。

「ギャングは熱心に銃の外側を磨いてピカピカにするが、ライフルなんて撃ったことはないから、その手入れの仕方は知らない。君らも掃除していくか？」

とブランク教授がアライに聞いた。

「ぜひお願いします。道のりはまだまだ遠い」

「皮肉と受け取ってほしくないのですが、教授。貴方はたいしたものだ。こうやって戦い方も知っている。アメリカ全土が他国に占領されるような事態に陥ったら、必要なのは、貴方のような、レジスタンス部隊を指揮できる勇者だ」

とジャレットが誉めた。

「若い頃、パリに国費留学していた。レジスタンス活動に強く惹かれた。発覚すれば本人は拷問の末処刑されるのに、彼らはなぜ勇敢に立ち向かったのだろうと興味を持って調べた。われわれの活動は、ここカリフォルニア州では全くの合法だ。資金援助も受けているし。だが、共和党政権が再び誕生すれば、法改正され、われわれがやっていることは連邦犯罪として取り締まられることになる。つまりFBIに追われることになる。君みたいな狩人《ハンター》にな。だから私は、この組織を徹底して非公然組織として作り上げた。財務を預かる人間は、実働部隊の実態を知らないし、クリニックで処置に当たるスタッフも、患者の個人情報は持たない。中絶を禁止した州で活動しているスタッフは、その州のネットワークで誰がトップかを知らない。そして私は、各州で、先の大統領選挙の有効性を判断する大陪審判決が同じ日に出ると知ってから、この日に備えてきた。

資金を流用し、無線機や衛星携帯を増やし、隠れ家《セーフハウス》をあちこちに確保し、燃料を備蓄し、いざとなったら声掛けできるボランティアのリストを作り始めた」

「当初の武器はどうやって集めたのですか？」

「私が卒業した小学校で、孫の顔を見られたのはほんの僅かだ。ベトナムで戦死し、生き残ったものは、くだらんギャングの抗争で若くして死んでいった。だがこの歳まで生き残ると、ギャング団にそれなりの影響力を残すワルも周囲にはいる。人生の最期に、コミュニティのために尽くせ、と武器弾薬を提供させた。実は人手も借りている。普段、略奪する側に回っている奴らに、治安維持に当たらせた。ここならではだな。真向かいの総合病院には、溜め込んでおいた医薬品を提供して、他所からの患者も受け入れさせている。隣は消防署だから協力も得やすかった。残念ながら、セントラル・サウスの警察署はどこも真っ先に焼き討ちに遭ったが」

「他の都市や、州でもこれだけの組織が動いているのですか？」

「揃えるべきものは伝えたし、資金も与えた。だが、このネットワークは、他州のことに干渉しないことを前提としている。そんな余裕はないからな」

「たとえば、シアトルの街中や、炎と煙に包まれているマンハッタンとも連絡が取れますか？」

「衛星携帯が繋がれば連絡は取れる。ただ、マンハッタンに関しては、スタッフに退避命令が出ていたはずだ。そこの心配をしている余裕はないから、実際に連絡が取れるかどうかは知らない。ひょっとして君ら、セントラルの行政組織と連絡が取れないのか？」

「残念ながら、ウォーキートーキーひとつありません」とジャレットが言った。

「行政組織のどこかと連絡を付けてやっても良いが、たぶん、何もしてもらえないぞ。向こうも出歩ける状態ではないし、公務員といえども、家族と一緒に避難している状況だからな。とはいえ、われわれの目的は、セントラル・サウスの治安を完全に回復した後、そのエリア、私は〝聖域《サンクチユアリ》〟と呼んでいるが、それをダウンタウンやセントラルまで広げることだ。急ぐ必要がある。この手の治安悪化は、長引けば長引くほどに回復が遠のく。セントラルの治安が回復できれば、あとはＬＡＸの運用を復旧させ、外国人は脱出。軍隊はＬＡＸを拠点に支援活動が出来るだろう。リトル・トーキョーに行きたいのか？　110号線なら、すでに掃除は終えてそこそこ治安も維持している。この南北の幹線道路は、ある種の人道回廊として機能している。民間パトカーが、警告灯を回しながら巡回しているよ。パトカー自体は無力だが、その後に武装した護衛車が二台三台続いていると知っているから、ギャングは手を出さない。それに、ギャング自身も安全に移動出来るルートは必要だ。だから、なんとなく、110号線上では襲撃しないという暗黙の了解がギャング団で出来ているらしい」

「教授、もう少し西を解放してもらえないかしら？　私の家があって、娘が一人で留守番している。無事ならね」

「君の家は、どの辺りなのかね？　お巡りさん」

「バン・ネスの西。ラデーラ・ハイツより少しまだ海寄りね」

「カソリック墓地のあっちか。そこまでは考えてなかったな。君らも付き合うか？」

と教授はジャレットに聞いた。

「ええ。別に急ぐ旅じゃない。それに、治安回復に貢献できるなら、寄り道もしますよ」

「ルイス中尉に検討させよう」

「ところで教授は、民主党カリフォルニア支部の顧問でもいらっしゃいますよね。ダニエル・パク下院議員をどう思いますか？」

「ああ！……」

と教授はしばらく言いよどんだ。

「これは気を付けるべき質問だな。君ら、彼が大統領候補として急浮上しているから、身辺調査しているんだろう？　カリフォルニア支部が、単なる動画配信人に過ぎなかったパクに白羽の矢を立てた後、党のご指名で、彼と一週間、ラグナ・ビーチのホテルに籠もって政治学の講義を授けたよ。人物評を聞きたいのか？」

「ぜひ――」

「人間的にどうこうという評価は出来ないな。私はその方面の専門家ではないから。まず、基本的に彼は勉強家だ。勤勉で努力するし、飲み込みも早く、頭の回転が異様に早い。複雑な政治問題をあっという間に理解してマシンガントークが出来る。あの才能なら、厳しいディベートも難無く切り抜けるだろう。でも君が聞きたいのは、そういう新聞のベタ記事として扱われるような話ではないよな？」

「そうですね。ベタ記事には載せられないような、いかにもわれわれ現場捜査官が、苦労して摑んだ影の部分的な情報が良いですね。こっそりＦＢＩ長官にレポートを見せて点数が稼げそうな……」

「あの男は、カメレオンだよ。初めて会った時、この男は、コピー用紙だと思った。つまりまっさらな白紙だ。いかなる色も付いていない。彼は、たまたま民主党に見出された。有色人種として魅力的なキャラだったからだ。だが、もし彼が共和党に見出されていたとしたら、それでも彼は立派な共和党員を演じきっただろう。トランスジェンダーを告白している彼だが、もし共和党から見出されていたら、彼は同性愛を呪い、もちろん、中絶も否定していたことだろう。移民にも冷たかったはずだ。大統領として適格か？　それは何とも言えないな。ここしばらく、われわれは酷い大統領ばかり担いできたから。どんなに無能で、極悪人でも、トランプよりはましだろう……、の一言で片付く」

「なるほど。参考になります」

「君らは、この分断を食い止める術があるのか？」

「こちらがお聞きしたいですね。バトラーを止める手立てはないのかと」

「トランプのような軽薄なアジテーターすらわれわれは止められなかった。国民全員をインテリにすることは出来ない。民主党員にすることも。ベトナム戦争を経験し、９・11を経験し、そこから始まる中東での長い戦争を戦い、われわれが得たのは、トランプと、トランプ的な価値感だった。この国は、一度派手にぶっ壊れるしかないのかも知れない。疲れ果て、皆が正気に戻るまでな」

「バトラー的な発言ですね」

「そうだな……」

と教授は困った表情をした。

「前世紀、私は学生相手に、とりわけ黒人の学生達に、明日は昨日より良くなっていると自信を持って言えた。その言葉に疑いはなかった。この四半世紀はどうだ？　インテリはオピオイドに溺れ、貧しき者たちはありとあらゆる薬物で廃人となる。ここには、こんな立派な医科大も出来たが、黒人はこの街から今も逃げ出しつつある。黒人が逃げ出すんだぞ。自分が生まれ育った街から。これがこの社会の現実だ。革命が必要か？　答えは、もちろんイエスだ。だが私は同時に、ワッツの人間として確信をもって言えることがある。暴力は何も解決しない。何も生まない。人類の歴史の中で、成功した暴力革命なんてのは、フランス革命くらいのものだろう。用があったら、指令室のスタッフに言ってくれ」

「有り難うございます。貴方は公民権運動のレジェンドだ」

とジャレットが讃えた。

「冗談はよせ。そうやって煽てた翌日に、君らは逮捕状を持って来るじゃないか」

アライが「リリー・ジャクソンはこの時間帯も飛んでいるのですか？」と聞いた。

「彼女とその機体は、どこかの軍用飛行場で待機しているはずだ。この南に、コンプトン・ウッドリー空港がある。あそこはセントラル・サウスからは外れていて、普段はそんなに治安は悪く無いのだが、今はこことたいして変わらない。滑走路際まで住宅街が迫っていて、空港から空路脱出しようとする金持ちをギャング団が狙っている。空港周辺の治安を回復次第、ヘッドライトで滑走路を照らし、病院から重体患者を運び出す手筈になっている。日付けが代わる頃までには何とかなると思ってはいるが……。あの空港さえ復旧すれば、少なくとも医薬品の輸送は出来る。問題はだ、重体患者を運ぶ先だな。全米で唯一治安も電気も維持しているテキサスは、州外からの航空機の着陸を拒否しているので、君らが使ったルートで、細々と人間を密輸するしかない」

「協力できると思います。テキサスに運ぶのが正解で、かつ数が向こうのキャパを超えなければという前提になりますが。全米から重病人が殺到しているせいで、医薬品付きでないと受け入れられないような話をしてましたから。スウィートウォーターに小さな空港があります。元軍用だった空港です。小さな自治体で、役人とはだいたい顔見知りで貸し借りがある関係なので、話は出来る」

「おお！　それは助かる。ぜひ頼むよ。こういう活動は、労多くして益はないものだ。何十人もが動いて、ほんの一人二人しか救えないが、われわれはそれを誇りや励みにして前進するしかない。君が知っての通りリリーは、向上心の強い人間だ。パイロットじゃなく、ああいう人間こそが政治家になるべきだがね」

　ブランク教授は、四人と握手を交わしてからその場を辞した。四人はそれから銃を手入れし、ルイス中尉と、聖域を西へ拡大する作戦を練った。

　カナダ国防軍・統合作戦司令部《CJOC》のアイコ・ルグラン陸軍少佐は、イチロー・カワイ陸軍軍曹が運転するハンヴィでヤキマの街に入った。カナダ国境の小さな町から、山岳部を丸半日走り続けて辿り着いた。

　街中に入り、消防車のパトロールとすれ違った時はほっとした。ここに辿り着くまで二度、ハンヴィのルーフを開けて立ち、銃を外に出してすれ違う車列を威嚇する必要があった。

　車体左側の旗竿に小さなカナダ国旗が縛り付けてあったが、半日走り続けたせいで、もう端がほつれかけていた。

　ヤキマ空港へと向かうと、空港を出ようとしている自衛隊の防空部隊とすれ違い、誘導する警官にしばらく止められた。その防空ユニットは、ペトリではなさそうだった。

　空港ターミナルの正面駐車場に防御陣地を構えて警備する自衛官に、「どこに停めれば良いかしら?」と日本語で尋ねた。

　空港施設の北側に、施設関係者用の駐車場があった。車を停め、背嚢と銃を手に取った。

「ねえ、この銃、ここに置いていかない?」

　ルグラン少佐は、カナダ軍正式銃のC8をいったん手に取り、後部座席に戻そうとした。C8は、事実上、M‐16小銃だった。西側諸国で、未だにこの銃を装備している軍隊は数えるほどだ。

「いやあ、でもアサルト・ライフルは歩兵の命だし、もし紛失でもすると、後々拙いですよね……」

「だって、こんな骨董品、自衛隊に笑われるわよ？」

「それはまあ、仕方ないんじゃないですか？　われわれ、カナダ軍の代表として来たわけですし」

「うちの実員、三軍合わせても海上自衛隊や航空自衛隊と同じなのよ。オブザーバーとかおこがましいわよね」

「自分は、自衛隊のミリ飯を楽しみにしてます！　美味いから」

ターミナル前の駐車場では、電源車が二台動いていた。その電源車からの太いケーブルが延びるうす暗いターミナルに入り、歩哨の隊員にまた「司令部なり指揮所はどこかしら？」と聞いた。

エアライン・カウンターの南側に弾薬ケースが積み上げられて壁が作られていた。「北米邦人救難指揮所」と日本語で書かれた貼り紙があった。

航空自衛隊の飛行服を着た女性が指揮を執っていた。

「カナダ国防軍から連絡将校として派遣されたアイコ・ルグラン陸軍少佐とイチロー・カワイ陸軍軍曹であります」

「待っていたわ！　私は、統幕運用部付きの三村《みむら》香苗《かなえ》一佐です。E‐2C乗り。私がここの派遣部隊の指揮を執っています。貴方、日本人なの？」

「父はフランス系カナダ人。母は日本人。防大に一年留学し、昨年、陸自の指揮幕僚課程《CGS》を終えました。カワイ軍曹は三世。最近自衛隊との交流が増えたので、その要員として日本語特訓中です」

「いきなりこんなこと聞いて失礼かも知れないけれど、貴方はカナダ人として、当然フランス語もできるのよね。三カ国語も喋れて、なんで軍隊なんて薄給な所にいるのよ？」

「バンクーバー育ちなので、仏語は小学生レベルです。祖父が海上自衛官でした。それで、私は、将来政府機関で働きたいと思っていたので、まず軍隊に入ってキャリア形成しようとしました。意外に性に合って、まだいるという状況です。そろそろ転職をと考えていたのですが」

「へぇ。もしかしてシアトル経由で来たの？」

「いいえ、そちらはまだ危険なので、国境の町オソイヨーズからひたすら南下してここまで辿り着きました。六〇〇キロ近く、軍曹と交替で運転しながらです」

「それはご苦労様です。食事はまだでしょう？　誰か二人に缶コーヒーでも持ってきて。それ、珍しい銃ね」

と三村一佐は、肩に担いだアサルト・ライフルに視線をくれた。

「やっぱりそう思いますよね……。ハンヴィに置いてくるべきでした」

「いいのよ、ごめんさない。ただ、本当に懐かしいから。荷物は、ひとまず、そこの待合室の椅子にでも置いて下さい」

指揮所は、横一列に並んだ椅子を有効利用できるようになっていた。

日本から運ばれたらしい缶コーヒーの段ボールが数箱積んであった。

「トイレはよろしいかしら？」

「ええ。ひとまず先に状況を教えて下さい」

「そう。まず間もなく、日本から出発したオスプレイの編隊が到着します。遅れて、CH-47も着くはずです」

三村一佐は、ホワイトボードをひっくり返して裏面を見せた。飛行機に模した紙切れがあちあちこち貼ってあった。

「これ、太平洋の地図を描いて、飛行機の形にくりぬいて塗り絵したペーパーをマグネットで貼っただけです。それぞれの編隊の大雑把な位置を示しています」

「オスプレイの航続距離は、たかだか三〇〇〇キロちょっとですよね。CHが二〇〇〇キロ前後でしたっけ？　オスプレイでも、トロントからぎりぎりバンクーバーまで飛べるかどうか。どうやったんですか？」

「よくぞ聞いてくれました！　本当は千島列島沿いに飛びたかったけれど、ロシアが何をしでかすかわからないから、アリューシャンのアダック基地との中間地点、地図だとこの辺りね……、丁度二〇〇〇キロの洋上に、燃料補給基地としてヘリ空母を一隻派遣しました。護衛のお船を付けてね。アダックへは空中給油機をピストン輸送して燃料を提供。アラスカのエルメンドルフ空軍基地まで二〇〇〇キロ。さらにバンクーバー……、というか、手前のコモックス空軍基地まで二〇〇〇キロ。そういう飛び方です」

「凄まじいですね。CHなら丸一日飛び続けても二日は掛かる」

「ええ。CHは、乗員休養のためにアダックで一泊させてます。稼働中のC‐2輸送機のほぼ全機がここと日本とのシャトル便として利用され、民航機もこっちへ来る時には、われわれの補給物資を満載しています」

「そのことですが、シアトルからの避難民退避はどうなりました？」

「中国政府が航路の安全に関してまともな返事を遣さないので、われわれで護衛を付けることにしました。本土から、F‐35A型戦闘機を、マッコード空軍基地に呼んでいます。コモックスにも、F‐2戦闘機を置かせてもらえると助かるけれど」

「滑走路長は十分だと思いますが、何しろ辺境基地なので、サポートはほとんど見込めません。海路空路での補給しか出来ません。一見、大陸と地続きに見えますが、あそこはバンクーバー島。南北の長さが四〇〇キロもある巨大な離島です。沖縄本島の四倍もの長さですから。特に燃料関係は……」

「そうなのよね。それと、私の専門の警戒飛行隊は、AWACS二機が、エルメンドルフに進出。E‐2D〝アドバンスド・ホークアイ〟二機が、今夜中には、ここヤキマに到着します。海上自衛隊も、追加のP‐1哨戒機がマッコード空軍基地に展開します」

「凄いですね。冗談で無く、カナダ国防軍の全戦力に並ぶ物量だ」

「それで、そちらの作戦は？」

「はい。バンクーバーの第39旅団が、辛うじてバンクーバーの治安を維持しています。しかしこの部隊はバンクーバーの治安維持で疲弊しているので、カルガリーから第41旅団をバンクーバー経由でシアトルの治安回復に投入します」

「それ、両方の部隊とも予備役部隊なのよね？」

「ええ。率直な所、旅団と言いつつ、人数も知れています。装備も、何と言っても未だにM‐16ですから。暴徒の方がよほどましな銃を持っていますす。カナダも西部域には、まともな正規軍部隊はいません。東部から陸路で追加の部隊を出すことになりますが、米政府からは、ニューヨークの治安回復に部隊を貸してくれという要請もあるようで……」

「マンハッタン島がどんな状況か知っている？　民間の衛星が撮った写真が出回っているけれど、五番街の路上に死体が転がり、セントラルパークのあちこちに、〝S・O・S〟の文字が描いてある。車を並べたり。死体を並べてその文字を作っている衛星写真もあるらしいわ。誰かが創ったフェイク画像だと言われているけれど」

「目下の問題は何ですか？」

「もちろん中国海軍の空母機動部隊よね。三隻もの空母が西海岸沖に展開していて、米軍は、その一隻とて発見していないし、その戦闘機は我が物顔に西海岸を飛び回っている。うちの移動警戒隊が、まもなくレーニア山中腹に展開して、この近辺に関しては、ある程度見えるようになります。空飛ぶレーダー・サイトだけには頼れないから。防空ユニットも一つは来たし、追ってペトリ部隊も入る予定です。私たちとしては、中国海軍三隻分の戦闘機と対峙しつつ、シアトルからの避難民を空路脱出させることね」

「その戦闘機は何機くらいいるんですか？」

「三隻分の飛行隊、最低でも一二〇機ね。対してこちらは、ひとまずかき集められるのが六〇機。ステルス戦闘機の数では互角なれど、カナダ空軍の助けが必要よ」

「うちはまだロートルなレガシー・ホーネット戦闘機で、F‐35の最初の飛行隊が立ち上がるのは、だいぶ先の話ですから」

「数は質を補うわ。私、エルメンドルフに一回給油で降りたのだけれど、笑っちゃったわよ。エプロンにはずらりとF‐22戦闘機が並んでいるんだから」

「それ、同感ですね。世界最強の軍隊が兵舎に閉じこもって出動できないなんて」

「それで、今、その空母部隊の位置を特定する作戦が続いているのよ……。あ、コーヒー飲んでね。軍曹も遠慮無く。フランス文化だとエスプレッソかも知れないけれど、エスプレッソの缶コーヒーてないのよね。あるかも知れないけれど……。倉《く》田《た》さん、今進行中の作戦を説明してあげて」

と三村は、海自フライトスーツ姿の男性に命じた。

「はい。同じく統幕運用の倉田良樹《よしき》二佐です。P-1乗りです。例のもの、見せて良いですよね?」

と三村に聞いた。

「ええ。同盟国よ。隠す理由はないわ」

倉田は、17インチ・モニターを持つノートPCの画面を切り替えるよう部下に命じた。

「これは、すでに配置に就いているE-767空中早期警戒管制指揮機《AWACS》のレーダー情報です。この南端に映っているのが、うちのP-1哨戒機。うちの哨戒機は、対潜システムはいろいろ問題ありですが、AESAレーダーだけは優秀で、これは早期警戒機代わりにもなります。それで、到着したばかりのF-2戦闘機の四機編隊を護衛に付けて前に出しています。当然、中国海軍は、P-1の接近を阻止するために戦闘機を上げてくる」

「どうやって編隊の安全を確保するのですか?」

「彼らは、P-1とF-2が、その背後にいるAWACSの監視下にあることを知っている。ミサイルを撃てば、それも丸見え。少なくとも、中国が先に撃ったという証拠は残したくないだろうから、手は出せないと判断してのことです。本当にそうかはギャンブルですが。ところで、ここにいる哨戒機と護衛戦闘機は囮です。中国海軍とて、戦闘機の運用に余裕はない。すでに母港を離れて二ヶ月の艦隊もいる。半年を超えて作戦行動する米海軍ほどの余裕はないでしょう。彼らは、艦隊を探そうとするP-1に対して、それを阻止しようと躍起になるだろうが、出せる戦闘機の数は限られる。そうすると、全方位を警戒する余裕はなくなる。味方のＦ‐35Ｂの二機編隊が、二方向から敵艦隊を捜索中です。例の優秀なＥＯセンサーで。アメリカはクインシーをミサイル攻撃された仇を討ちたがっている。こちらが敵艦船の位置を特定し次第、どこかからミサイルを撃ち込んで一、二隻沈めるでしょう。間もなくです」

その四機のＦ‐35Ｂ戦闘機は、レーダーには映っていないようだった。だが、中国海軍空母から発進してきた四機の戦闘機はレーダーに映っていた。

向こうは、発進地点を偽装するために、二方向から、哨戒機に接近しようとしていた。

〝コブラ〟のＴＡＣネームは、かつて殉職した先輩パイロットのものだった。先輩というより、恋人のものだった。上手くいかないことはわかっていたが、惹かれ合うものはどうしようもない。だが、男は突然いなくなり、そのＴＡＣネームを形見としてもらい受けた。

宮瀬茜一尉が操縦するＦ‐35Ｂ型短距離離陸《ＳＴＯ》・垂直着陸《ＶＬ》戦闘機は、編隊長機とかなりの距離を取って飛んでいた。昨夜、結果として墜落したばかりだが、精神的にどうこうということは無かった。飛行隊には、あれこれ考えてる余裕は無かった。ヘリ空母〝かが〟が搭載するＦ‐35Ｂ戦闘機のみで、太平洋東側の空域をカバーしなければならない。

編隊長機の電子光学照準システム《ＥＯＴＳ》のセンサー・レンジ内で飛んでいる。もちろん互いが装備する空対空ミサイルのレンジ内でもある。

宮瀬機の二〇〇〇メートル離れて哨戒機寄りを飛ぶ編隊長機も、実は囮だった。本命は、さらに外周を飛ぶ宮瀬機で、しかも超低空で飛んでいた。高度一〇〇フィートで海面を舐めるように飛んでいた。波は穏やかだが、飛沫のせいで、EOTSのカヌー型のカバーが濡れていた。

帰還したら整備が大変だ。海兵隊向けの最新バージョン機体は、ソフトウェアが一新されている。パイロットがそれを意識することはほとんど無かったが。

機体はもちろん自動操縦。雲が出ているせいで、月灯りも無かった。外は真っ暗だが、ヘルメットのゴーグル型ディスプレイには、必要な情報は映っていた。まず右手やや上空に編隊長機が飛んでいる。速度はほぼ同じ。こちらの速度に合わせて飛んでいる。さらにその奥には、P-1哨戒機が。こちらの高度が低過ぎるせいで、光学センサーでは見えないが、そのAESAレーダーを探知して味方機として位置表示されている。その同様の手法で、さらに奥を飛ぶF-2戦闘機の四機編隊も見えている。

そして今、目前と背後を中国海軍のJ-11戦闘機が飛び去った。上空三〇〇〇フィートから更に上昇中だった。

二機編隊ではなく、あちらも単機で飛んでいる。レーダー発信はなし。向こうもいろいろ辛いのだろう。必要な数の戦闘機を飛ばせないのだ。だがバカではない。彼らも日々学びつつある。恐らくは、J-11は囮だろう。すでにP-1にもF-2にも見えている。

彼らも、自分たちと同じ戦術を採るはずだ。レーダーに映るJ-11を囮にして、ステルスのJ-35戦闘機が本命としてわれわれを探し回っている。彼らも知っているはずだ。自分たちが、そうやって中国艦隊を探しているということを。

この空域のどこかにいる。息を殺してこちらを探すＪ‐35戦闘機が……。

　宮瀬機は、バンクーバー島、西へ七〇〇キロの洋上を南西へと飛んでいた。中国海軍が、北米大陸の沿岸部一〇〇〇キロ以内に接近するとは思えなかった。だがそれ以上離れると、戦闘機の作戦行動時間がだいぶ短くなる。クインシー攻撃時の四機編隊の行動からも、中国海軍艦隊は、沿岸部から一〇〇〇キロ内外の距離を行動しているものと思われた。

　だが、こちらが先に見付けた！――

　ＥＯセンサーが、微かな電磁ノイズをキャッチしていた。無線でもレーダーでもない。だが間違い無く人工的な電磁ノイズだ。恐らくは軍艦のエンジン回りから漏れている電磁ノイズだろう。こういったノイズは、完璧には消しようがない。しかも艦船のそれは、船体で増幅され、大きくなる傾向がある。

　だが、彼らもたいしたものだ。一般的な水上レーダーも入れずに航海している。もちろん赤外線装置があれば、闇夜でも、他艦船との衝突の心配はないだろうが。事前に遠くから発見できれば、民間船舶に目撃されることもない。

　宮瀬は、水平線上ぎりぎりでその艦船が見える距離へと針路を微調整した。この艦が艦隊の一番外側を守っているとすると、敵のステルス戦闘機はすぐ近くにいるはずだ。

　赤外線センサーに敵艦の艦影が見えてくる。間違い無く軍艦だ。尖った舳先に主砲。054Ａ型。江凱《ジアンカイ》Ⅱ型フリゲイトだ。満排水量四〇〇〇トンしかないフリゲイトで、この太平洋の反対側での任務はたいしたものだ。

　少しずつ艦影が大きくなる。そろそろフリゲイトの光学センサーにもこちらが見える頃だが、さて撃ってくるだろうか。

だが、フリゲイトより先に、敵のステルス戦闘機が仕掛けてきた。仕掛けた先はこちらではなく、編隊長機に対してだった。

編隊長機の背後からレーダーが一瞬入り、空対空ミサイルが発射された。編隊長は、ミサイル・ワーニングを聞くとただちにパワーを入れて回避行動に入った。編隊長もレーダーの火を入れて、向かって来るミサイルに向けてAIM-120AMRAAM空対空ミサイルを一発発射する。

ミサイルを撃つと再び針路を味方編隊へと取り、スーパー・クルーズで距離を稼ごうとした。真正面には、J-11編隊がいる。その二機編隊がP-1との間に入っていた。

敵のJ-35ステルス戦闘機が、編隊長機を追い掛けている。

宮瀬は、この辺りで十分か……、と判断し、フリゲイトに背中を向け、味方機の援護へと向かった。J-11戦闘機が編隊長機へと迫っている。

宮瀬は、編隊長機を追うそのステルス戦闘機のケツに付こうとしていた。エンジン排気の高熱が捉えられている。結局、フリゲイトはこちらに仕掛けてこなかった。姿を晒したくないのだろう。

AMRAAMが敵の空対空ミサイルを叩き墜す。

徐々に高度を上げ、敵戦闘機のデッド・シックスを取る。敵に反応の時間を与えずに済むよう、増速しつつ距離を詰めた。

一五〇〇〇メートル。さらに距離を詰めた。一〇〇〇〇メートルで、レーダーを入れ、即座にロックオンした。だが、ミサイルは撃たなかった。

交戦法規はクリアしていたが、明確な形での交戦許可は出ていなかった。

その代わりに、ひたすらロックオンし続けた。

J-35戦闘機がロールを打って海面へと急降下していく。それしか逃れる道は無かった。

急降下しながら一八〇度針路を変えてこちらへ向かってくる。敵機のレーダーも入っていた。

だが、機体の引き起こしに時間が掛かっていた。速度が速すぎた。もっと早くに減速すべきだったのに、敵戦闘機は、凄まじい降下率で急降下していた。引き起こしは間に合わず、海面に激突した。

一瞬、爆発の小さな閃光が見えたが、パイロットが脱出したようには見えなかった。

宮瀬は直ちにパワーを絞り、レーダーも止めた。編隊長機は、J-11戦闘機を二機引き連れて味方部隊と合流しようとしている。F-2戦闘機の二機編隊が前に出て来てJ-11戦闘機にロックオンを浴びせる。

味方戦闘機の喪失に気付いたJ-11は、形勢不利を悟ったのか、追跡を諦めて転針した。だがそのせいで、宮瀬機へと向かってくる形になった。

敵機がもしポッド式のEOセンサーでも持っていれば、確実に目撃される距離だ。だが、J-11二機は、レーダーも消し、味方艦隊への帰投コースを取った。帰投コースの目撃を避けるために、彼らは複雑なコースを辿るはずだ。そのためにも余計に燃料を消費することになる。この辺りが限界なのだろう。

宮瀬機には気付かないふりをして引き揚げた。そこで、宮瀬機はようやく、味方機とデータリンクし、発見したフリゲイトの情報を伝えた。

反応は、一〇分もせずにあった。どこからともなく、四発のNSM空対艦ミサイルが飛んできて、四方向からフリゲイトに襲いかかった。

フリゲイトが盛んに近接防空火器を使ったが、結局、一発も叩き墜すことは出来なかった。

四発が時間差を置いて命中し、フリゲイトは炎上した。僚艦が一隻、救難活動に駆けつけたが、三〇分後には沈没した。生存者が何人くらいいたのか、全くわからなかった。

宮瀬は、安全圏まで脱出し、編隊長と編隊を組んで母艦への偽装コースを取った。帰還しながら、さきほどの状況をデータで再現し、ハッと気付いた。敵機は、引き起こしが遅れて海面に激突したと思っていた。だがそうではなかった。そもそも引き起こそうとした形跡は無かった。速度が増速したまま海面へと突っ込んでいた。空間識失調《ヴァーチゴ》だ……。パイロットは、恐らくロールした瞬間にヴァーチゴに陥り、そのまま海面に突っ込んだ。本人は、水平飛行しているものと信じていたのだ。

背筋を悪寒が走った。自分がそうなっていてもおかしくないのだ。

ひとまず、今夜の任務は果たした。カナダ軍がワシントン州の治安回復に成功してくれれば、沿岸の基地や空港を使っての作戦行動が可能となる。それが一両日中に達成されることを祈った。でなければ、〝かが〟に搭載した航空燃料も底を突く。

あとは、フリゲイト一隻撃沈という事実を展開中の中国艦隊がどう受け止めるかだった。


中国初の本格空母〝福建《フージン》〟（八〇〇〇〇トン）は、警戒飛行に出ていたJ‐35戦闘機二機編隊を着艦させると、潜水艦防御のための之字《のじ》運動を取り、取り舵を取って大きく右に傾いていた。

ブリッジ下の艦隊司令部作戦室では、揃った参謀スタッフが、身体を持って行かれないよう、何かに掴まって耐えていた。

〝福建《フージン》〟には二個戦闘飛行隊が配備されていた。一個はJ‐11戦闘機部隊。もう一個はステルスのJ‐35戦闘機部隊。そのステルス部隊を率いる林《リン》剛強《カンチィアン》海軍中佐は三〇分ほど前に帰還したJ‐35戦闘機からデータを受け取り、喪失した一機の機影をその場で分析していた。J‐35戦闘機のEO

530

センサーに、墜落までの一部始終が映っていた。データをコマ送りし、海面へと突っ込んでいく戦闘機の軌跡を追った。

やがて、その十数秒の場面を、卓上に置いたモニターに映して解説を始めた。

「赤外線データです。……ここでロールを打ち、更に標準的な回避行動に入ったことが見て取れます。しかし、機体は増速を続け、引き起こしもなく、そのまま海面へと激突しています。残念ながら、これは典型的な空間識失調です。パイロットは自機が水平飛行しているものと錯覚している」

「ミサイルを撃たれた形跡はないのだな？」

と東征《ドンチャン》艦隊司令官の賀一智《ホヲイーチィ》海軍中将が質した。

「ロックオンはありましたが、ミサイルは映っていません。単なる事故です」

「パイロットはベテランでは無かったのか？」

と参謀長の万通《ワントン》海軍少将が非難めいた口調で言った。

「空間識失調は、ベテラン、新人関係無く陥ります。強いて原因を探るとするなら、慎《シエン》大尉は、今日、朝から四回目の出撃でした。疲労が溜まっていた可能性はあります」

「航空参謀、敵と撃ち合っての撃墜ならまだしも言い訳も立つが、事故は困る……」

「はい、参謀長。パイロットは皆疲労が蓄積しています。休息が必要です。あるいは、J‐11で遂行可能な任務は、そちらに譲るべきです」

と航空参謀の顔昭林《イエンジャオリン》大佐が臆せずに発言した。

「敵もステルス部隊を前面に出しているのだ。そうもいかんことは君が一番良くわかっていることだろう。だいたい、我が外交部は、なにゆえに民航機の航路の安全を保証しないのだ？　そのせいで、自衛隊は続々と護衛の戦闘機や早期警戒機を送り出してきたではないか？　われわれはこれまで民航機を脅したことはないし、ましてや中国同胞が乗っている民航機の撃墜が出来るわけでもない。どうなのだ？　政治将校」

万提督は、政治将校として党の教えを説く立場の黄誠《ホアンチェン》海軍大佐に質した。

「残念ですが、外交部にどんな思案があって、沈黙しているのかは自分にもわかりません。ここから電話を掛けられるわけでもないので」

「だいたいおかしいじゃないか？　右手がやっていることを左手が報されないなんて。今はまだ敵の注意を惹くべき段階では無かったのに。北京は何を考えているんだか。民航機の安全を保証しないなんてことになったら、小日本《シアオリーベン》が小躍りして大部隊を繰り出すに決まっているではないか！」

「自分の立場では何とも……」

「航空参謀、損失機の補充は可能なのか？」と賀提督が聞いた。

「可能です。ロシア極東部に向かって一回給油。オホーツク海を飛んでカムチャッカ半島に着陸してまた給油。そこからは、空中給油機を伴って飛び、アリューシャンの米軍基地を避け、途中で空中給油。給油機は、カムチャッカに戻り、戦闘機はそのまま艦隊まで飛行。カムチャッカ半島から五千キロ余りを飛ぶことになりますが、補充は可能です。ただそれも補充する機体があればですが」

フライトスーツ姿の顔大佐が説明した。

「後々のこともある。補充を要請してくれ。いっそ、シアトルやバンクーバーの爆撃命令でも出てくれれば楽だが。シアトルの治安が回復するようなら、この作戦はこれ以上、前進はないことになるぞ」

「基本的にはロシアの作戦です。陸戦隊の用意はあるが、出すのは最終局面でしょう。われわれは、熟柿が落ちてくるのを待てば良い」

と黄大佐が言った。

「よろしいですか?」と林中佐が発言の許可を求めた。

「何でも言ってくれ」

「二つ、想定外のことが起こっています。一つは、米軍の活動自粛です。党派対立が軍隊内部にも持ち込まれるだろうことはある程度予想できましたが、結果として、出動禁止まで行くとは予想できなかった。その点、われわれは楽をしましたが、その代わりに、自衛隊が出てくることは想定外でした。まだ、数ではわれわれの方が圧倒していますが、早期警戒機や、空中給油機、そして兵站面でも日本は有利です。単に数で負けているというだけで。自衛隊は、われわれにとってすでに頭痛の種になっている」

「こちらのフリゲイト〝煙台《ヤンタイ》〟を沈めたミサイルは、日本のものではないのだな?」

「ミサイル命中の場面も見えていましたが、ミサイルは海面上一メートルを飛んでいた。あの高度で突っ込めるミサイルは、NSMと、そこから進化したJSMだけです。自衛隊のF‐35戦闘機も装備するはずですが、まだ買ったという情報はありません。あれは米軍機による攻撃です。部隊行動としては地上待機だが、ごく少数、飛んでいる機体も存在すると理解しています」

「日本のヘリ空母を先に叩けということかね?」

と参謀長が聞いた。

「米軍は今は混乱しているし、治安維持が最優先でしょうが、いずれは、空母機動部隊も戻ってくる。米海軍の空母一隻で、われわれ三隻分の戦力を持ちます。可能な時に敵の数を減らすにこしたことはありません」

「刺し違えるだけの覚悟が必要になる」

「はい。しかし、後になって、日米の空母相手に戦うよりはましかと。減らせる時に減らすべきです」

「難しい判断だぞ。そのために一個飛行隊が犠牲になったら、米空母どころではない。イージス艦に守られた空母への攻撃は容易くない。だが作戦は必要だ。立てておいてくれ。君の頭の中にはあるのだろう？　どのくらいの損耗を覚悟すれば撃沈できる？」

「J-35最大八機の損耗。艦隊が持つ空対艦ミサイルの全てを使うことになります。他に囮役のJ-11の損耗もばかにならない規模で」

「なるほど……。そんなものだろうとは思うが、論外だな。米空母相手となると、その損耗では済まないとはいえ。ひとまず、事故は避けるという点をパイロットに徹底させてくれ。当たり前のことではあるが」

　突然、警報が鳴り響いた。艦内放送で、「緊急着艦に備えよ！――」と二度繰り返された。

　航空参謀が艦内電話を取って航空艦橋を呼び出した。

「〝山東《シャンドン》〟搭載のJ-11戦闘機二機が、燃料不足で降りて来るようです」

「なぜそんなことが起こるんだ？」と参謀長が質した。

「恐らく、ありがちな迷子かと思われます……」

「弛んでいるぞ……」

「そう言うな。参謀長。この艦が真下にいて良かったじゃないか。これ以上、事故で機体は失えない。パイロットもな」

「敢えて言わせて頂きますが！」

　と航空参謀は語気を強めた。

「参謀長。本艦隊は、この暗闇の中で、完全無線封止下で作戦行動中です。水上レーダーすら使っていない。J‐35は高度を取ってイメージ・センサーで艦艇を探せる。だが、ステルスでないJ‐11はそうはいかない。出撃前の想定海域に空母がいなければ、彼らは、日本の早期警戒機を避けて、この暗闇の中、超低空で飛び回って、降りるべき空母を探すしかない。その過程で燃料もどんどん減っていく。いずれ事故が起こるでしょう。それは避けられない」

賀中将が制した。

「それまでだ、航空参謀。状況は理解しているよ」

そうでなくとも……、と林中佐は思った。ここに辿り着くまでに、山ほどの事故を抱えていた。全機が飛べるわけでもなかったし、危険な夜間任務を嫌がるパイロットも出ていた。

米海軍は地球の裏側で平然と戦争するが、中国海軍は、まだまだひよっこだった。その謙虚さは持ち続けねばなるまいと、林中佐は自分を戒めた。

# 第五章　ＬＡＸ

アライ刑事が運転するニッサン・ＮＶパッセンジャーは、105号線のセンチュリー・フリーウェイを西へと走っていたが、クレンジャー・ブルーバードの手前で、先導していた分署の大型梯子車が減速したので、路肩に寄せて止まった。

梯子車は、弾避けとして持ってきたが、その威圧効果は絶大だった。高い位置の赤色灯は、遠くからでも良く見える。

その背後に、武装したボランティア団体の車列が五、六台も続いているのだ。銃声は、たまに聞こえてくるが、だいぶ遠くからだ。そろそろサンクチュアリの外に出るはずだが、ここはまだ平穏だった。だがしばらくすると、遥か前方で銃撃戦が起こった様子だった。

「ロスアンゼルス国際空港《LAX》はここから近いよね？」

「ええ。この道をほんの二マイルで、滑走路の端に出るわ。真っ直ぐ走れば空港の裏手というか空港の業務関係のエリアね。右折してしばらく走ると、私の家がある」

カミーラ・オリバレス巡査長は、ジャレット捜査官の斜め後ろから答えた。

「惜しいな。ＬＡＸの安全を確保できれば、州外から応援を呼べるのに」

「そんな余裕があればね」

「良い所に住んでいるじゃないか？」

「そうね。LAXからほんの三マイルだから、タクシーに乗ってもたいした料金にはならない。マリナ・デル・レイまでもほんの三マイル。でも私には、飛行機もヨットも関係ない。そういう階層が暮らす街よ」

「アサルト・ライフルに、サブ・マシンガンも混ざっている。けど、乱暴な撃ち方だな。ほとんどフルオートでぶっ放している……」

アライが、発砲音に集中しながら言った。

梯子車を先導していた先頭の乗用車からサラ・ルイス元海兵隊中尉が降りてきて、ジャレット捜査官の横に立った。

「LAXの横を抜けて北上するのが一番近道だけど、ここで右折しましょう。LAXはなんだか危険だわ」

「あの撃ち方、お宅ではないんですか？」

とアライが中尉に聞いた。

「海兵隊？　いいえ、うちはあんなリズムの無い撃ち方はしません。それこそ陸軍ではないの？」

「違いますね。すると、どこかの強武装したギャングということになる。近寄らない方が良いでしょう」

「ここで右折すると、何か巨大なスタジアムの横を通りますよね？」

とチャン捜査官がルイス中尉に聞いた。

「そう。ソーファイ・スタジアム。スーパーボウルもあれば、次のワールドカップ・サッカーの会場にもなるし、コンサート・ホールまで併設している。今は数万人の避難民が立て籠もっています。でも食料も水もそろそろ尽きる頃よね。サンクチュアリの西端なので、われわれがなんとかしなきゃならないけれど、ちょっとどうすれば良いのか目処が立たないわ」

ルイス中尉が腰に下げたウォーキートーキーが反応して、中尉はそれを手に取りながらいったん車から離れた。

「良い所じゃないか？」

とジャレットがまた念押しした。

「そうよ！　ニック。離婚したシングル・マザーの警官が暮らすには良い所よ。地下鉄は走ってないけれど、徒歩圏内に巨大なスーパーマーケットもあるし。でもＬＡてところはね、実に雑多な階層が暮らす街で、ワッツみたいな所もあれば、ビバリーヒルズやサンタモニカもある。全体としてのグレードはどうかと言えば、まあ普通の街よ……。警官として、自分がそのエリアの巡回担当になったら、ほっとするわね。それほど荒れてはいないから。たぶん銃撃事件も滅多に起きないし。何かの売人や売春婦が街角に立っていることもない」

無線連絡を終えたルイス中尉が戻ってくる。

「申し訳無いけれど、このまま空港に向かいます」

「冗談は止してよ！　あんな銃撃戦の最中に飛び込めというの？」

とオリバレス巡査長が声を上げた。

「ロスアンゼルス警察《ＬＡＰＤ》から救援を求められました」

「ＬＡＰＤが救援を求めるべき相手は軍隊であって、われわれ素人集団じゃないでしょう？」

「状況が良くわからないのよ。とにかく行ってくれという命令です」

「中尉、協力は惜しまないけれど、この部隊、一個小隊もいないですよね？　せいぜい分隊規模。しかも軍隊経験者は僅か」

アライ刑事も、少し無謀では？　というニュアンスで聞いた。

「海兵隊員が一人。陸軍が一人。何より、法執行機関の現役が四人もいるのに、断れないでしょう？」

「LAXは、空港警察がいて、それなりに守っていたんじゃないのか。外国人避難民が、あそこも数万人立て籠もっているはずだが？」

ジャレットも、そこからの救援要請は変だという態度だった。

「われわれはすぐ近くにいて、それなりに武装しています。どうしますか？　ジャレット捜査官の決断次第ですが……」

「もちろん、行くとも。仲間がそこに留まって戦っているとしたら、助けに行くしかないだろう！　すぐ出発だ」

「ちょっと待ってよ！　無線機まで持っている警察部隊がボランティア集団に助けを求めるってよほどのことよ？　中国軍が攻めてきたとかじゃないの？」

とオリバレスが制した。

「空から攻めてくるほどの輸送機を持っていたとは思えないけど。それに、リリーから聞いた話だと、何本もあるLAXの滑走路は、ゴミだらけでとても離着陸は出来ないそうよ。事実、爆音も聞こえてこない。行ってみればわかるでしょう」

「ヘンリー！　車を出せ。あと中尉。空港に近付いたら消防車の赤色灯も消させてくれ。向こうの状況がわかるまで、敵の注意は惹かない方が良いだろう」

「そうします」

車列はフリーウェイに戻ってロスアンゼルス空港の東端をひとまず目指した。ドローンが欲しいところだった。

土門が乗ったＣ‐２輸送機は、ヤキマからほぼ真南へ飛び、九〇〇キロ飛んだ所で、サンフランシスコの北東に位置するサクラメント上空に差し掛かっていた。

高度三五〇〇フィートを飛んでいたが、もちろん地上は真っ暗だった。時々、パッパッと何かが光るが、それは発砲によるマズル・フラッシュだ。

土門は、Ｃ‐２の後部に搭載された都市部展開汎用指揮通信車〝エイミー〟の車内で、衛星通信機と繋がったヘッドセットを被っていた。

ＮＡＳポイント・マグー海軍飛行場に先着した姜彩夏二佐からの無線だった。

「どこからの要請だって？」

「外務省です、外務省からの救難要請です！」

「ＬＡＸには外交官も留まっているのか？」

「はい。ＬＡからの脱出を希望する邦人六千名余と、ＬＡ総領事館の職員がターミナルにいるようです。何人かは聞いてません」

「今は無事なんだな？」

「今は。しかし、メイン・ターミナルで銃声が響き、そこから、避難民が押し寄せているそうです。現在、空挺装備を着用中です。命令あり次第、いつでも出発できます」

「ひとつ聞くが、そこにはヘリとかいないのか？」

「シーホークは何機かいますね。あと練習用ヘリも。かき集めても全員乗れるかどうか……。Ｃ‐２で向かって空挺降下するのが無難です。スキャン・イーグルはまもなく現場上空に到着します」

「娘は何と言っている？」

「何も。近くにいらっしゃいますが、お話しなさいますか？」

「いやいい。ちょっと待機してくれ――」

土門は、モニターの前に座る待田一曹に「例のオスプレイはどの辺りだ？」と質した。

「二機編隊、本機よりまだ四〇〇から五〇〇キロ後方です」

「ポイント・マグーで、燃料補給無しに部隊を乗せてLAXを往復できるか？」

「たぶん問題ないでしょう。無理なら、ポイント・マグーで給油するまでのことです。われわれが着陸し、原田小隊がそのオスプレイで出撃するまで、最短で二時間から三時間は掛かります。LAXは、何しろ巨大な空港です。どこで何が起こっているのかまずそこを探らないと。たとえ姜小隊を空挺降下させるにしても、場所が問題になります」

「だいたい、LAXは停電しただけで、暴徒の襲撃には持ち堪えたんじゃなかったのか？」

「そのはずですが、守備側の弾が尽きたのかも知れない。もう一つ。姜小隊を先行させ、われわれもこのままLAXに飛んで降下するという手もあります。あるいは、オスプレイの到着を待たずに、ポイント・マグーのヘリをかき集めて向かうという手も」

「LAXが使えるようになれば、ロジの復旧もそれだけ早まるよな？」

「やめた方がいい。地域内に留まる何十万もの避難民が空港に殺到します。今のまま、離着陸が出来ないことをイメージづけた方が良いでしょう」

「その六千？　そんな数の邦人をどうやって脱出させるんだ？　一機で三〇〇人乗せたとして二〇機か？　日本人だけ乗せるというわけにも行かないだろうし、カルガリーとか、アンカレッジまでいったん運ぶという話で良いのか？」

「いったん、豪華客船に収容するのが一番簡単ですが、近くには客船が横付けできるような護岸はない。ロングビーチ港まで安全に移動する手段もありません。現状では、空港に立て籠もってもらうのが一番安全でしょう。海岸線沿いに歩いてもらい、マリナ・デル・レイから小型船でどこかへピストン輸送というのもありですが。そんな船舶が残っているかどうか……」

「米側がヘリを飛ばしてくれるとは思えないな。原田小隊は空挺降下の準備を。ただし、原則としては、ポイント・マグーでオスプレイへの乗り換えとする。そのLAXの状況を見てからだ」

ナンバーワンとの回線を復旧する前に、向こうから呼びかけて来た。

「向こうの状況が判明しつつあります。お嬢様と代わります――」

「……緊急です！　空港を襲撃してきたのは、空から強引に乗り込んできた連中で、ブラジルのカルテルだそうです！　人質を殺しながら、郡当局に何かを要求しているらしいです。クスリをやりながらで、一、二発当たっても倒れないし、何の躊躇いもなく子供まで撃ち殺しているとか」

「恵理子《えりこ》、落ち着いて話せ。邦人が避難しているターミナルは、例の離れ小島だろう？」

「でもメインと繋がっているから、みんな逃げてきているのよ！　早く助けに行って。私の同僚がみんな殺される！」

「衛星携帯が同僚と繋がっているなら――」

「混雑してて、たまにしか繋がらないのよ！」

「いいか。その同僚に伝えろ。外交官として振舞うな！　避難民の中に潜んで黙っていろと」

「デナリ、スキャン・イーグルが間もなくLAX上空に着きます。リベットを〝ベス〟に残すので、支援をよろしくお願いします。自分はC‐2に乗ります」

「了解、ブラックバーン――。降下エリアはこちらで検討する。行け！」

「ブラックバーン了解。アウト――」

「そのカルテルの奴らは何を郡当局に要求しているんだ……」

「スキャン・イーグル01の映像入ります！」

待田が23インチ・モニターを土門のシートへと向けた。スキャン・イーグルは、丁度マリナ・デル・レイの真上を飛んでいる所だった。ヨット・ハーバーはすでにもぬけの殻だった。ここまで辿り着けた市民は、ひとまず沖合に避難したのだ。波止場に泊めたままのヨットは、略奪に遭い、火を点けられ、その場で沈んでいた。

その波止場のあちこちにも、死体が放置されたままだ。さすがにここから避難民をボートに乗せるのは無理だろう。未だにそこを彷徨《うろつ》いている人間が見えていたが、市民には見えなかった。

そして、その前方に巨大なロスアンゼルス国際空港が見えて来る。

「今視界にあるのは、北側二本の滑走路です。モニターの左端に、その日本の避難民が立て籠もるターミナルが見えてきます」

「滑走路上に旅客機が擱座して封鎖しているというわけではなさそうだな」

「ええ。でも、誘導路は酷いですね。何カ所かビジネス・ジェットが擱座しています。恐らく離陸を焦って滑走路まで辿り着けなかったのでしょう」

誘導路上で、三機の双発ビジネス・ジェットが止まっていた。熱反応はすでにない。エンジンは冷えている。明らかにノーズギアが折れている機体もいた。

太平洋線就航外国エアラインが乗り入れるターミナルB、正式名称トム・ブラッドレー国際線ターミナルが見えてくる。

「でもターミナルは平和そうじゃないか？……」

そしてメイン・ターミナルが視界に入ってくる。ＬＡＸのメイン・ターミナルは、中央に巨大な駐車場ビルを何棟も持つU字型の構造を持っていた。

その駐車場ビルが見えてくると、群衆が蜘蛛の子を散らすように走っているのが見えた。南側のサテライト方向から一斉に走っている。

「あれは、どこに向かって逃げているんだ？　セキュリティ・エリアからはそう簡単に出られないだろう」

「そうですね。灯りも無いから、彼ら暗闇を闇雲に逃げている感じですね……」

やがて南側のターミナルが見えてくると、マズル・フラッシュの閃光がターミナルの窓に激しく反射しているのがわかった。

「アサルトを連射しているのか、ヤバイぞこれ……」

「ターミナル5から6辺りで起こっています。ほら、ターミナルの向こうの南側滑走路に、二機擱座しています。一機はビジネス・ジェットで、もう一機は、たぶんボーイングの737ですね」

「離陸失敗機じゃないのか？」

「いえ、どちらもたぶん着陸したばかりです。エンジンが熱い。滑走路上のゴミでも拾ってパンクしたか、視界が得られずセンターラインを逸脱したかでしょう。トーイング・カーがビジネス・ジェットを引っ張り出そうとしている……」

「カルテルが武装兵を旅客機やビジネス・ジェットでＬＡＸに送り込んできたのか？　何の為に……。言っちゃ何だが、この街はとっくに奴らのものだろう。住民はドラッグ漬けだ。これ以上、何を欲しがるんだ……」

サテライトの下から避難民が脱出して南側二本の滑走路を横切って走っていた。そのトーイング・カーのヘッドライトを目印にしている様子だった。

その背後から、アサルトで撃ちまくっている複数の人間がいた。避難民がバタバタと倒れていく。

「虐殺だぞ……。あそこの警備はそれなりの人員が配置されていたはずなのに……。姜小隊はどこに降ろす？」

「ターミナルBの北西エリアが良いでしょう。ここなら、敵に悟られずに済む。少なくとも、ターミナルBの避難民は救えるはずです。今は西風。それなりの高度からジャンプして着地です」

「わかった。それで良い。原田小隊の降下場所はもう少し吟味しよう。しかし酷いな。奴ら、ただの楽しみで撃ちまくっているぞ……」

スキャン・イーグルは、LAXから出ることなく、上空一〇〇〇フィートでゆっくりと旋回を開始した。一回、旋回を終えるごとに、地表に倒れている避難民の数が増えていった。


アライ刑事らの車列は、手前でフリーウェイを降り、高架下の道路を走った。空港南東端に達しても、銃撃戦が発生している場所は相当に遠い様子だった。

すぐに、走ってくる避難民らとすれ違った。何人か止めて話を聞いてみたが要領を得なかった。突然銃撃音が響き、パニックで人々が右へ左へと逃げ惑った。そんな中で、たまたまサテライト付近に留まっていた者だけが、エプロンへと出ることが出来たが、そこへも敵は追ってきて乱射を始めた。隣を走っていた人間が突然バタッと倒れたとのことだった。

南東端の貨物ターミナルの影でいったん隊列は止まった。ルイス中尉が、梯子車の運転席に登ってしばらく話し込んでから、後ろへと下がってきた。

車列はフォグランプだけ点していたが、それを目指して避難民が続々と走ってくる。まるでゾンビのようだった。ハイヒールを脱ぎ捨て、泣き喚いている女性もいる。

全員が銃を持っていったん車外に出た。オリバレス巡査長が、マグライトを振り回して「あっちだ！　逃げろ！——」と誘導した。

「ええとね、ＬＡＸには二カ所、ロスアンゼルス《LA》消防局《FD》の分署があります。一カ所はターミナルＢの西端、もう一カ所は、ここから一番近いターミナル８の南端。そこの51分署の消防隊員と無線連絡が取れています。暗い中強行着陸してきた旅客機とビジネス・ジェットから、完全武装の兵士が出てきた。たぶん百人を超えている。ターミナルに押し入り、殺戮を始めた。警官隊が撃ち合ったけれど、向こうはクスリを決めていて、恐れ知らず痛み知らずで、徐々に圧倒されたと。で、犯人グループは、何か人探しを郡当局に要求しているみたい。その人物を連れてこいと。それと、誘導路でスタックしたビジネス・ジェットを引っ張り出して飛べるようにもしろと。要求が達成されるまで、人質を一〇分置きに射殺すると。実際には、そんなのお構いなく撃ちまくっている。何しろ、人質は万の数ですから」

「人質を取って脅すなら、ギャング団一〇人もいれば十分だろう。なんでそんな大人数を送り込んできたんだ？」

とジャレットが疑問をぶつけた。

「推察するに、無線機なり衛星携帯を持った事前偵察部隊が潜入していたはずよ。それで、空港警備の戦力を探り、このくらいの数でなければ圧倒できないと計算したのでしょう。愛人でも行方不明なのかしらね。その警備部隊がある程度は削ったはずだけど、それでも敵はわれわれの十倍近いと見て良いでしょう」

「セプルバードへ右折すれば、安全にターミナルの中央部に出られるわよ？」

とオリバレスが提案した。

「どういうこと？」とチャン捜査官が聞いた。

「ああつまりね、空港南側施設に沿って走るこの道を真っ直ぐ行くと、ここから丁度一マイルの所で、滑走路の真下を横切るセプルバード・ブルーバードに出る。敵が、そのトンネルを見張っていなければ、安全に、ターミナルの内側へと出られる。そこで、ターミナル８から侵攻し、敵の排除に取りかかることが出来るということよ」

ルイスが、そうよね？　という顔でアライ刑事を見遣った。

「接触したら、すぐ接近戦ですよね。こちらが圧倒的に不利だ……」

「でも、一番安全なアプローチ方法よ。他にアイディアがある？」

「滑走路という、他にはない要素がある。遮るものは何もありません。こちらの安全を確保しつつ、敵の数を減らすとしたら、その空間を盾にするのが有効かと。メイン・ターミナルのサテライトから、滑走路二本を横切って、こちら側の貨物用施設まで、たぶん八〇〇ヤード前後でしょう。海兵隊狙撃指導教官にとっては、目を瞑っていても当てられる距離ですよね？」

「言ってくれるわよね。その敵が、数十名、横一列になって襲撃してくるのよ？」

「その八〇〇ヤード、オリンピック選手並の速度で走っても六〇秒は掛かる。それに、もし数十名がこっちに気付いて走ってくるなり、撃ち込んでくるようなら、それだけターミナルは手薄になるということです。避難民が隙を見て逃げられる可能性が高まる」

「もし、私か貴方が倒されたら？」

「相当、不利な戦いになりますね。向こうにもひょっとしたら狙撃手がいるかも知れないし。でも、ターミナルの中で、人質を盾にして撃ってくる敵と撃ち合うよりは勝算は高いと思います」

「ジャレット捜査官、どちらがましだと思います？」

「その手の戦術評価は、士官の務めだろう。私は専門外だ」

ルイス中尉は、ほんの一瞬、考えるそぶりをした。

「ひとつ思い付いた！　梯子車を囮にしましょう。あれを目立つ場所に置いてフラッドライトで敵を照らし、かつ惹き付けた所を、われわれ二人が狙撃する」

「それで行きましょう。まずはどこかの貨物建て屋の屋根に上げてもらわないと。望遠の暗視スコープがあれば良かったな」

「あら、陸軍さんは柔《やわ》なのね。たかだか八〇〇ヤードでそれを欲しがるのは贅沢よ。さあ行きましょう。私がレミントンで遠方を。貴方は私が撃ち漏らした敵を惹き付けてから撃って頂戴」

ジャレットは出発前に、車内にあったダクトテープを使い、段ボール箱を破いて消防車を除く全車両のブレーキ・ランプを厳重に覆わせた。ドライバーはつい癖でブレーキを踏みたがる。この暗闇では目立つのは拙かった。

一マイル走ってセプルバード・ブルーバードと交差する。走って来る避難民が助けを求めて時々立ち塞がって往生した。

車止めが切れ、エアラインの貨物専用建て屋に直接入れるエリアに出ると、梯子車の出番だった。まず屋根へと梯子を延ばし、ルイス中尉とアライ刑事が屋根に上った。

梯子はそのままゆっくりと移動し、隣の建物で、囮用の六名のボランティアを降ろした。

そして梯子を収納し、チャン捜査官が運転するニッサン車を連れて、滑走路へと出るフェンスをなぎ倒した。

貨物機専用エプロンには、カーゴがあちこち放置され、その影に避難民が隠れていた。彼らを轢かないよう、梯子車はゆっくりと走った。誘導路に出て、西へと走る。

滑走路を一本渡る。味方陣地から、滑走路を挟んでターミナル・ビルに対して、それぞれ四五度前後の楔形になるような角度で止まった。チャンは、その背後で一周し、NVパッセンジャーをバックで梯子車の真後ろに付けた。いつでも逃げ出せるように。

「消防士さんを呼んで！　脱出しますよ？」

「誰が逃げると言った。アサルトが二挺にピストルも五、六挺はあるんだぞ。われわれはここに踏み留まって敵を惹き付ける」

「正気ですか！　狙い撃ちされます。消防車って装甲車じゃないでしょう！」

「大丈夫だ。こちらに撃ってくるということは、敵は、ヘンリーやルイス中尉に対して、銃を構えた横顔を晒すということだ。それは目立つ姿勢で、狙撃しやすくなる」

ジャレットは、M‐4を持つと車を降りた。

「君も降りた方が良いぞ。さすがにただの四駆で、アサルトの弾は防げない」

「信じられない！　良いんですか？　巡査長は」

「あたしに聞いている？　私だって今、信じられない思いだけど、これ命令系統からしたら、どこかの市警より、連邦捜査官の方が上よね？　貴方が生き残ったら、ちゃんと上に伝えてよ。私はギャングと戦い立派に殉職したと！」

オリバレス巡査長も、怒った態度ながら、M‐4と、マガジンを握って車を降りた。

「巡査長、梯子車の下に潜って、タイヤの陰から撃て。このタイヤ、結構分厚いから、そこそこ弾を止めてくれるぞ」

「私はどうすれば良いんですか！」

とチャン捜査官は叫んだ。

「一番弾数が多そうなピストルを持って、後部タイヤの後ろに隠れろ。ケツのベルトにもう一挺突っ込んでおくんだぞ！」

梯子車は、車体を固定するためのアウトリガーを地面に降ろし、フラッドライトとヘッドライトを点すと、消防隊員三人も車両の陰に隠れた。自分らもピストルを持つべきかどうか相談が始まった。

「君ら、危なくなったら、その四駆で逃げろ！」

とジャレットが命じた。

ジャレットが言い終わる前に、銃撃が始まった。銃弾が地面を走ってパチパチ音を立てた。

「惹き付けろ！　惹き付けるまで撃つな」

こちらのライトを狙って撃ってくるが、もちろん当たらない。だが車体前面には命中する。たちまちフロントガラスに無数の皹が入った。タイヤにも命中して空気が抜ける。ジャレットもオリバレスも、一瞬、沈み込んだ車体に押し潰されそうになった。だが幸い、タイヤの爆発はなかったし、アウトリガーが車体を支えていた。

走ってくる男たちがヘッドライトに照らし出される。そしてヘッドライトが一つ沈黙する頃、ようやく味方が応戦し始めた。

ルイス中尉とアライ刑事は、東西の幅一〇〇ヤードを超える大きな倉庫の屋根で腹ばいになっていた。そこは日本のエアラインが専用で使っているカーゴ用ターミナルだった。

アライは、西側に寄ってM‐4A1を構えた。梯子車のフラッドライトが点った瞬間、視界に飛び込んできたのは、奥側の滑走路で作業中のビジネス・ジェットと、手前の滑走路東側で擱座しているボーイング737型機だった。

こんな何の灯りもない中で、たぶんGPSナビだけを頼りに降りてきたのだろう。無茶が過ぎる。パイロットは脅されていたのかも知れないと思った。

だがすぐ、異常な状況に気付いた。滑走路を逸脱したビジネス・ジェットをトーイング・カーが押し戻そうとしていたが、その作業を見守っていた敵が何人か、737へ向けて発砲していた。機体の真下で蠢く影が見えた。明らかに、親子連れだ。右翼側メインギアの影で、母親が子供を抱きかかえるようにして蹲っていた。

「中尉！　中尉！――」

とアライは声を上げて注意を促した。

「了解！　あの四人を先に倒す！　貴方は正面に集中して」

火点が十数個見えた。ほぼ全員が最初、梯子車を狙っていたが、隣の建て屋から発砲が始まったので、何人かが応戦し始めた。

「八〇〇ヤード。せめて望遠スコープは欲しいよな」とアライはぼやいた。

ルイス中尉が狙撃を始める。ボルト・アクションの作動音がまるで何かの機械が動いているかのように、決まったリズムで作動し、引き金が引かれていく。

犯人は、自分らが狙撃されているとも気付かないまま一人、また一人と倒れていた。

アライは、リスク評価に五秒費やした。走りながら撃っている奴は後回しで良い。クスリのせいでクソ度胸が付いているが、まず当たらない。立ち止まって撃っている奴、これも後回しで良い。

優先すべきは、動かないまま、片膝を突いたニーリング姿勢で撃ってくる奴だ。呼吸は一定で、姿勢も揺らがず、狙いが定めやすくなる。だが、さらに脅威なのは、その場に伏せて撃ってくる奴だ。まず発見し辛い。

だが幸い、敵の大部分は、Ｍ‐４の系列ではなく、マズルフラッシュが派手なＡＫを使っていた。

あまりに暗すぎて、ターゲットが見えないが、見えないということは、敵は地面に伏せているということだ。アライは、そのマズル・フラッシュのやや上の暗闇を狙って撃った。気持ち的に、ほんの髪の毛一本分の上を狙うのだ。

敵が一瞬、減ったように見えたが、もちろん錯覚だった。サテライトの中から敵がわらわらと出てくる。隣のボランティアが上った建て屋に向けて猛烈な連射が始まった。そして、梯子車へと接近を試みる敵も出て来た。

まるで蜂の巣を突いたような感じだった。

ポイント・マグー海軍基地へ向けて洋上からアプローチ・コースに乗った土門も、スキャン・イーグルでその様子を見ていた。

「この南側に現れた連中は何だ？　軍隊でも警察でも無さそうだが……」

「消防の梯子車以外は、すべて自家用車ですね。銃もバラバラに見える。ただし、狙撃兵がいるようです」

と待田が報告した。

「姜小隊のランディング・ゾーンを変更した方が良いんじゃないか？　数で圧倒的に負けているぞ。あれじゃ全滅する」

「無理です！　敵の部隊規模が全く不明です。あそこに擱座しているのは737ＭＡＸです。最大で二〇〇座席もある」

「そんなに乗れるのか？」

「今撃ち合っている敵はせいぜい五〇名もいない。まだ中隊規模の敵がターミナルに留まっているとしたら、応援に出た所をターミナルの中から狙い撃ちされます。こちらは、避難民もいるターミナルに対して撃ち返せない。まずは、ターミナルBの安全確保が最優先です。間もなく降下開始です！」

「待て待て！　いったん旋回させろ！　手前で旋回《ホールド》だ」

予定では、マリナ・デル・レイ上空で降下開始になっていた。

「良いんですね？　沖合で上空ホールドさせますよ？　五分以上ロスしますが」

「その五分は致命傷になるか？」

「わかりません。自己責任でお願いします」

「そのまま降下！　ブラックバーンに命令。ただし四名はターミナルBの屋根に降下。味方と思しき空港南側の集団を援護せよ！」

「そのターミナルBの屋根は、かまぼこ形に湾曲しているとさっき――」

「聞いていた！　滑らないよう注意して降りよと」

ポイント・マグーから離陸したC－2輸送機は、ほんの六〇キロ飛んで、すでにマリナ・デル・レイ上空へと差し掛かっていた。高度八〇〇〇フィートからのジャンプだ。

地上の風向き等は、あちこちで起こっている火災の煙から計算した。

C－2の後部ランプ・ドアはすでに開いていた。エンジンの轟音の中では、ヘッドセットによる会話もままならない。

姜彩夏二佐は、チッ！　と舌打ちしてから、まず、自分を含めて五人がそこに降りられるようなコースを取るよう降下指揮官経由でコクピットに要請した。

　それから、自分の眼の前に立つ、四名のザックを引っ張り、自分の左腕に装備した七インチのタブレット端末を見るよう命じた。

　姜は、まず、空港南側エリアを指差し、そこで交戦が発生していることをハンドシグナルで示し、次に、ターミナルBを指差して、新たな降下目標を命じた。

　皆が、暗視ゴーグル越しに首を横に振ったが、ノーは無しだ——、と前を向かせた。

　先頭集団が分隊ごとに二列で降下を開始する。降下指揮官が、眼下を見下ろし、丁度空港北西に建つハイスクールの建物が見えた所で、五人に合図した。

　塊となって飛び出す。姿勢を保持すると、眼下にキャノピーを開いて降下する集団が見えた。予定通りのポイントへと向かっている。

　一番最後に飛び降りた姜からパラシュートを開いた。眼下で次々と四つのパラシュートが開いた。ターミナルBの屋根はくせ者だ。単に斜度があるというだけではない。少なくともスキャン・イーグルの映像で見る限りでは、緩やかな曲面で、ツルツルに見えた。下手をすると、数十メートル滑った挙げ句に地面に叩きつけられる羽目になる。だが、近くの地表に降りるよりは屋根の方が安全だった。

　真下の滑走路上に部隊が着陸する。風はさほどではないが、海風だ。キャノピーを操り、ターミナルBの屋根を目指した。

　最初に着地した誰かが、案の定屋根を滑り落ちていくのが見えたが、構っている余裕は無かった。

　南北に七〇〇メートルの長さはある巨大なターミ

ナルだが、東西の幅は僅かだ。たぶん二〇〇メートルあるかどうかだろう。その空間に降りなければならない。

姜は、東向きに着地し、身体を持っていかれないよう前方に上体を倒した。成功したと思ったが、キャノピーがあっという間に東側へ持っていかれ、身体が屋根の山側へと引っ張られた。

この屋根が、西側へ傾斜を持って設計された理由がようやくわかった。海岸から吹き付ける海風をいなすためだ。

姜は、一〇メートル近く山側へと引っ張られながらキャノピーを畳んだ。散々な着地だった。

周囲を見渡していると、小隊ナンバー2のバレルこと漆原武富《うるしばらたけとみ》曹長が無線で呼びかけてきた。

「隊長、どこですか？」

「こちらブラックバーン、バレル、われわれはターミナルBに降下しました。南側で交戦中の、恐らく味方を支援します。貴方は部隊を纏めて当初作戦通りに、ターミナルBの安全を確保して下さい。われわれには構わなくて良い」

「了解、ブラックバーン。いちおう状況はワッチします。バレル、アウト――」

四名の隊員がパラシュートを抱えて集まってくる。

「さっき落ちかけたのは誰？　みんな無事？」

「いえ。ほんの二〇メートル滑っただけです！」

とボーンズこと姉小路実篤《あねこうじさねあつ》二曹が報告した。

「ボーンズ、ニードル。狙撃位置に就きなさい。あの連中、やばそうよ。われわれは援護位置に就きます。トッピー、屋根下へのアクセス・ルートを探しなさい。ただし、滑り落ちないようにね。チェスト、トップを取って」

ニードルこと由良慎司《ゆらしんじ》三曹は、338ノルマ・マグナム弾を使用するバレットＭＲＡＤ（ＭＫ22）狙

撃銃をソフトケースから出し、その場で暗視スコープを装着した。スポッター役のボーンズは、レーザー・レンジファインダーを持ち、ニードルのパラシュートも担いだ。

姜は、Ｈｋ‐416Ａ5カービン・モデルにＭ32グレネード・ランチャーを。分隊長のチェストこと福留弾《ふくとめだん》一曹は、分隊支援火器としてボックス型弾倉付きのＦＮ‐ＥＶＯＬＹＳを持っていた。

この装備なら、四人で一個小隊程度の敵は殲滅できるだろう。こちらが全滅する前に――。

ルイス中尉とアライ刑事二人だけで三〇人以上の武装兵を倒したつもりだが、胸に喰らって倒れても、また起き上がろうとする敵がいた。ＲＰＧロケット弾が飛んできた時には驚いたが、幸い、滑走路を飛び越えた所に着弾した。しかも不発だった。

二発目を撃たれないよう射手を探したが、敵は暗闇の中に引っ込んだ。たぶん初期型のＲＰＧ‐7だろうが、ぎりぎり射程圏内に入っているはずだ。敵がきちんと狙うことが出来れば、ここまで届くだろう。

梯子車の方も拙い事態に陥っていた。死体の山を築きつつも、敵の阻止が間に合わずに、どんどん近付いてくる。そして、梯子車のライトは全て破壊され、灯りは消えていた。今、この地上には、双方が撃ち合う時のマズル・フラッシュの明かりしかない。灯りではなかったが、それが光る瞬間だけ、何者かがこちらに向かってくるとわかる。

福留は、屋根の上を走りながら、敵が一気に駆け出したことに気付いた。それを阻止する銃撃はほとんど止んでいた。

「隊長！　拙いです。味方部隊には暗視装置が無い！　照明弾を最大高度で上げて下さい！」

姜は、M32に、照明弾を二発装塡し、まず一発を最大飛距離で撃った。上空に上がった照明弾は、発火すると同時に、パラシュートでゆらゆらと落下し始めた。弱々しい光だったが、それでも真っ暗闇よりはましだろう。

だが、梯子車チームはそれで救われた。敵がすぐそこまで迫っていることに気付いた。

ジャレットが「リロード！」とコールしてマガジン交換に掛かった。

「こっちもリロードよ！」とオリバレスが応じる。

駆け寄る足音が響いてくる。

チャン捜査官は、グロック19を両手に握っていた。そして祈っていた。

「神様、最後に懺悔したのがいつのことか思い出せないけれど、みんなを守って！」

梯子車の影から出ると、真正面に二人の男がいた。距離は、すぐ近くに感じられた。実際には六〇ヤードは離れていたが、頭にバンダナを巻いていることはわかった。一瞬視線が合ったような気がしたが、チャン捜査官は、クアンティコで教えられた通り、両足を肩幅より開き、腰をやや落とし、ピストルをホールドし直して引き金を引いた。ひたすら連射した。一〇発以上撃った。二人ともその場に倒れたような気がしたが、確認はしなかった。

すぐ車体の影に引っ込んだ。その瞬間、遠くから撃ってくる。敵の数が多すぎた。

消防隊員が、車体下のジャレットに向かって「捜査官！　ほんの三〇秒、敵を黙らせてくれ」と怒鳴った。

「三〇秒は長いぞ？」

「それだけの効果はある！」

「わかった。巡査長、交替で撃つぞ……」

とジャレットはダブル・タップで撃ち始めた。

消防隊員が荷台に上り、畳まれた梯子を延ばし始めた。ウィーン！　とモーターが動いて梯子が伸びていく。伸びきるまで三〇秒は掛かったが、その次の瞬間、梯子の先端に装備されたホースから、勢いよく放水が始まった。その威力は凄まじかった。

消防車から優に二〇〇ヤードは水が伸びている。向かってくる敵が、その放水に打たれてひっくり返った。まさに放水銃だった。

「こりゃ愉快だな。だが、この灯りは何だ？　どこから照らしている？」

アライも気付いていた。上空から落ちてくるのは明らかに照明弾だ。だが、一二〇ミリRTで打ち上げるような照明弾ほどの明るさは無かった。しかも高度もそこまで上がっていない。

しかし、それが地表に落ちるまでの間に、敵を倒すことが出来た。すでに敵の前線は、ターミナル寄りの滑走路を越えていた。

レミントンの発砲音が一瞬止んだ。弾切れかと思ってルイス中尉を見遣った。

「どうかしました？」と怒鳴って聞いた。二人とも耳栓をしている。

「誰かが撃っている――」

「何ですって？」とアライ刑事は耳栓を片方外した。

「われわれではない誰かが狙撃しているわ！」

「敵と味方以外の発砲音は聞こえないし、マズル・フラッシュもない。本当にそうですか？」

事実だった。眼の前で、発砲音に重なることなく敵がバタッと倒れた。かなり優れたサプレッサー付きの狙撃銃を撃っている何者かがいる。だが、どこからだ……。この照明弾を上げた何者かだろうか？

「ねえ、さっき飛行機の爆音が聞こえなかった？」

「いや、この耳栓ではそんなものは聞こえませんよ。どっちにしても、味方がいるなら心強い。撃退に集中しましょう！」

ルイス中尉も、また耳栓をして狙撃に戻った。

屋根の縁に腹ばいになった姜二佐は、こちらがようやく有利になったと認識したところで、トッピーこと西川新介《にしかわしんすけ》二曹に話しかけた。

「アクセスドアはあった？」

「はい。ここから三〇〇メートル、北に走って下さい。ここより一段高くなっている中央部分にドアがあります。蝶番《ちょうつがい》を壊しておきました」

「バレル、照明弾はまだ要るかしら？」

「敵の勢いも落ちてきた。われわれの暗視装置だけでなんとかなるでしょう。いざとなれば、自分がエヴォリスを撃ちまくります」

「民間被害に気を付けてよ。ここをお願い。やばくなったら助けを呼んで。私は、下に降りて本隊と合流します」

「了解、マム――」

姜は、後ろに下がってから起き上がった。これが真っ昼間なら地面が肉眼で見えてその高さに足が竦む所だ。だが今は、暗視ゴーグル越しの視界のせいで、その現実感は無かった。

真下から銃声は聞こえてこない。ということは、敵はまだこのターミナルＢには押し寄せていないということだろう。いったい、誰を探してこんな騒動を起こしているのだろうと思った。愛人なのか、家族なのか、それともビジネス・パートナー、あるいは逆にライバルの身柄、刑務所にいる仲間を遣せということなのか……。

中国海軍東征艦隊旗艦・空母〝福建《フージン》〟（八〇〇

〇〇トン）の艦隊司令部作戦室では、情報参謀の杜柏霖《ドゥバイリン》大佐が報告を続けていた。あくまでも事後報告だった。

「ブラジルのカルテルの武装軍団だそうです。規模は不明ですが、ロスアンゼルス空港の警備部隊を全滅させたことから、恐らくは一〇〇名を超える強武装集団でしょう」

「何を求めてそんな馬鹿げたことをしているのだ？」

と艦隊司令官の賀一智《ホヲイーチィ》海軍中将が尋ねた。

「ロスアンゼルス郡当局から得た情報らしいのですが、カルテルの指導者というかボスの娘が、どこかのキャンパスにいたらしいが、この混乱で連絡が取れなくなったと。それで、彼らとしては、しばらく平和的に探していたらしいのですが、業を煮やして実力行使に出たと」

「そんな情報、われわれはどうやって入手したんだ？」

「西海岸の役人には、それなりの媚薬が嗅がせてある。そこからの情報でしょう」

と政治将校の黄誠《ホアンチェン》海軍大佐が解説した。

「いずれにせよ、その軍隊は、空港のメイン・ターミナルを占領し、そこにいた避難民の処刑を開始し、今は、ターミナルの端にあるターミナルBに迫っていると。このターミナルBというのは、メイン・ターミナルとは全く別の建物で、西側に新たに建てられました。主に太平洋路線の海外便が使います。そこに、華人同胞が八千名ほど、領事館職員とともに立て籠もっているとのことです」

モニターに、その空港の衛星写真が出ていた。

「われわれ、アメリカ政府のデカップリング政策に遭って、経済関係は細っているのに、まだそんな数の同胞が西海岸にいるのか？」

「デカップリングなんて見せかけですよ。中米関係はどっぷりと嵌まっている。もう別れるに別れられない愛人関係と同様だ。所詮は、どっちが主導権を持つかでしかない」

と黄大佐が首を振った。

「百人を超える部隊を送り込むなんて、あそこはカルテルの庭なのか？……」

「富裕層はオピオイド他合法ドラッグをなんでも買える。99パーセントの民衆は、中国から原料が入ってくるフェンタニルと、中南米から入ってくるヘロイン、コカイン、合成麻薬、そういうものに溺れている。まあ、ＬＡは、彼らにとっては庭みたいなものですよ。別荘だって一等地に何軒も持っているし、家族を住まわせているカルテルのボスも少なくないでしょう」

「フェンタニルは、違法じゃないのか？」

「アメリカでは毎年薬物の過剰摂取で一〇万人が死ぬが、その内三分の二がフェンタニルによる過剰摂取です。七分に一人がフェンタニルの過剰摂取で死んでいる。最近は、その持続時間を延ばしたゾンビ・ドラッグも増えている。皮膚に痣が出来、手足を切断する羽目になる。そこからゾンビ・ドラッグと呼ばれている。フェンタニルを直接アメリカで売っているのは、医師や売人だが、売人が売るそれは、中南米で生産される。いわゆるマフィアやカルテルによってね。その原料を輸出しているのは、われわれ中国。そこまでは合法だ……。二一世紀の阿片戦争を仕掛けられていると アメリカは度々文句を言ってくるが、何しろ、市場経済だからね」

「同志黄大佐は、なぜそんなに詳しいのだ？」

「娘が、しばらくＵＣＬＡに留学していました……」

黄大佐は、複雑な顔で答えた。

「家庭教師を雇って上海大学に入れ、高額な寄付金も払って憧れの米留までさせたが、ドラッグに手を出して、痛い目を見た。廃人になる寸前で呼び戻したが、今でも身体はボロボロだ……。たぶんもう子供は産めないだろう」

「それは気の毒だったな。党は、それを問題視しないのか？」

「どういう考えがあるのかはわかりません。アメリカを内部崩壊させることに一役買えるなら、それでよしというところでしょう。安いものだ……。一発の銃声も響かず、アメリカ社会を内部崩壊させている。でも、それを取り締まれないのは、彼らの自業自得ですからね。クスリに手を出すのも自業自得。誰かから強制されているわけじゃない」

「まあ、そうだろうがな……」

「すみません。本題に戻りましょう！」

と参謀長の万通《ワントン》海軍少将が促した。

「これは、一応、我が艦隊出撃の大義名分である、華人同胞救難任務ではあります。国際法的にも、何ら問題ない。統治能力を喪失した国の空港に我が軍部隊を派遣して、治安を回復して、避難民を助ける。全く正当な任務です。感謝されこそすれ、隠れる必要も無い」

「そこは同意するが、数千名もの同胞をどこにどうやって収容するのだ？　艦隊にばらけて乗せるわけにもいかんだろう。空港機能も死んでいるわけだよな？」

「はい。衛星情報、空港からの報告でも、滑走路は事実上使い物にならず、そこからの離着陸は無理だと。可能な手段としては、近隣の空港まで陸路移動して、そこから旅客機に乗せるしか……。数が大変ですが……」

「そもそも、われわれは北米航路を脅かすような真似をしたのか？　ほんのちょっと自衛隊機にちょっかいを出しただけだろう……。その避難民に与える余分な食料があるわけでもない。治安回復後、部隊は速やかに撤収させるしかないぞ。避難民を食わせるのは米政府の義務だ。われわれは何の責任も負えないし、手段もないことは北京はわかっているんだろうな」

「その点に関する明確な命令は無かったので、無視してよろしいかと」

と万参謀長が言った。

「だいたい変だろう？　艦隊にその連絡が来たのが、揚陸艦からヘリ部隊が発進した後だなんて！　いったいわれわれがどれだけの犠牲を払って無線封止下で行動していると思っているのだ。あの四機の直昇８ヘリは、もう日本側に発見されているのだろう？」

「はい。サンフランシスコ沖に達した時点で、日本の哨戒機のレーダーに発見されているはずです。航続距離ギリギリで空港へ向かっていますが、帰りの燃料を搭載したヘリが追い掛けることになるでしょう。また揚陸艦の一隻は、帰還する部隊を収容するために、全力でロスアンゼルスへと向かっています」

「この艦隊の指揮命令系統はいったいどうなっている？　私には海軍陸戦隊を指揮する権限はないのか？　勝手な行動を取られては、艦隊全体を危険に晒すじゃないか？　こんなこと、米海軍や自衛隊じゃ絶対起こらないぞ？」

「とは言え、ロシア海軍では起こりそうだ……。そしてロシア海軍で起こりそうなことは、うちでも起こる」

黄大佐がぽつりと言った。

「無線封止を解除したら、その点、厳重に北京に抗議するぞ！」

「ただ、ヘリ部隊を出したからには、護衛戦闘機も付けるべきかと考えますが？」

「そのポイント・マグーの米海軍基地には、自衛隊の戦闘機も展開しているのか？」

「いえ。まだその形跡はありません。自衛隊の輸送機が離発着を繰り返しているだけです。いずれは、オスプレイもここを拠点にするはずです」

「航空参謀、意見は？」

と顔昭林《イエンジャオリン》大佐に作戦を求めた。

「わが空母機動部隊から、最短でも一五〇〇キロは離れた場所です。J‐35の任務としてはきつい。不慣れな空中給油を行うしかありませんが、当然給油機はレーダーに映る。最終的には、艦隊の位置が露呈することになります。もちろん、J‐35より足が長い、J‐11を出すという手はありますが」

「救難任務はそれとして、日本側の戦力を削る手立てはしなきゃならん。J‐11を先に出して、護衛と見せかけ、日本を挑発し、敵の数を減らす作戦はありだろう。艦隊を少し南東の沿岸部へと寄せるしかないな。いずれは見つかるんだし……」

「了解です。そういう作戦を現在練らせております」

「それで良い。まあ、これは因果応報だな。カルテルに麻薬の原料を提供したのがわが国だとしたら、連中が引き起こす殺戮に、それなりの責任はあるぞ……。陸戦隊が奴らを皆殺しにしてくれることを祈るよ。黄大佐も同意してくれるだろう？」

「ええ。彼らを根絶やしにすることに異論はない……。麻薬汚染の恐ろしさを、現代中国人が知らないのは、全く幸運なことです」

　最初のJ‐11戦闘機が発艦する警報が鳴り響いた。艦隊行動を取っているにもかかわらず、海軍陸戦隊を乗せたヘリ部隊が勝手に発進して、作戦行動を取るなどと、全く想定外の事態が起こっていた。

# 第六章　蘇った亡霊

姜彩夏二佐は、ドアを開けてターミナルBの中に入った。そこは、ターミナルの構造としては、最上階の六階部分で、各エアラインのラウンジが集まっているようだった。だが、なぜか無人だった。いや気配はあるが、皆息を潜めているようだ。

微かに、下の階から糞尿の臭いが漂ってくる。それから、拡声器か何かの、音楽が聞こえてくる。弦楽四重奏で、バッハのG線上のアリアを演奏している。何のためなのか、外からはバンバン銃声が響いてくるのに、酷く場違いな感じだった。

そのフロアには、もちろん灯りもなく、暗視ゴーグルだけが頼りだ。姜は、ガラス扉に写った自分の姿を見て、フーとため息を漏らした。

避難民の前に出られるような格好では無かった。酷い格好だ。40ミリ・グレネード弾の弾薬ベルトを斜めに掛け、右手にはサプレッサー付きのHk-416。左腰にはM32ランチャーを下げている。

顔は防眩迷彩だ。パッと見、男か女かもわかりゃしない。人前に出られる格好じゃ無いな……、とぼやきながら、姜は四眼の暗視ゴーグルを跳ね上げ、ポーチから化粧落としのコットンを一枚出して迷彩のドーランをパパッと落とした。その上で、軽くアイラインを引こうとしたが、部屋は真っ暗闇だ。外光もない。もちろん非常時の誘導灯も消えている。

暗視ゴーグルの接眼部の灯りをガラスに反射させて化粧した。

再び、ゴーグルを降ろして階段を降りる。そこもラウンジ階だ。ひそひそ話をする男女の声が聞こえてくる。朝鮮語で喋っていた。大韓航空のラウンジでもあるのだろう。

ゴーグルに、大韓航空の制服姿の男女が浮かび上がった。姜は、驚かさないよう、少し咳払いし、FASTヘルメットに装着したマグライトを点しながら近寄った。赤外線ライトにもなる優れものだった。

とはいえ、突然上の階から現れた異様な出で立ちの兵士に、二人は驚きを隠さなかった。

「や、やっと助けが来た!……。でも女性?――」

と年配の男性が朝鮮語で呟いた。

姜は、左肩のベルクロを一瞬剝がして、階級章と日の丸をライトに照らした。

「それはともかくとして、ここは大韓航空のラウンジなの?」

と朝鮮語で話しかけた。

「はい。え? 日本人なんでしょう?」

と若いスタッフが尋ねた。

「ええまあ。避難民はどこにいるのかしら?」

「大部分は下の階に。ここと上のフロアは重病人と乳幼児がいる家族連れ、あと、全体の指揮を執る軍事司令部になっています。大韓航空のラウンジが、ですが」と男性が説明した。

「軍事司令部? 入らせてもらって良いかしら?」

通路には、弱々しいロウソクの灯りがあった。案内されて部屋に入り、受け付けのカウンターとクローク・ルームを抜ける。そこにもロウソクの灯りが何本かあった。

私服姿の男たちが詰めている。たぶん全員が韓国人だろう。考えてみれば、日本人が六千人もここで足止めを喰らっているとすれば、韓国人もそれなりに足止めを喰らっている。そして韓国では徴兵制があり、男性はほぼ全員が兵役経験者だ。

当然、こういう状況下では、軍隊が組織されることになる。だが、そこに武器はなさそうだった。

姜二佐は、敬礼してから口を開いた。

「自分は、生まれも育ちもソウルですが、今は日本人です。陸上自衛隊・特殊作戦群中佐。責任者がいらしたらお話を聞かせて下さい。現在、私の部隊が展開中です」

マグライトに照らされた顔が、ソファに深々と座る一人の老人に集まった。姜は、その老人の顔をほんの一瞬ライトで照らし……、後悔した。絶句し、来るんじゃ無かったと後悔した。

「なんとまぁ……、姜彩夏《カンチェハ》なのか？　運命は皮肉だなぁ、こんな所で君と会うなんて……」

老人は、絞り出すように姜の名前を口にした。

「柳輝昭《ユフィソ》将軍……」

「今ではただの老いぼれだ。みんな、少し外してくれないか？」

男たちがぞろぞろと部屋を出て行く。姜はマグライトを消して片膝を突いた。ロウソクに照らされたかつての上官の顔は、実年齢よりだいぶ老けて、弱々しく見えた。

「済まない。ちょっと疲れていてな。立ち上がる体力が無い……」

「いえ。そのままで結構です。申し訳ありません。自分も腰を降ろしている暇がないのですが、なぜ将軍がここに？」

「娘が、空軍士官と結婚してな、旦那は今、コロラドスプリングスの米空軍士官学校で、朝鮮戦争の空戦史を教えている。去年、妻が死んで身軽になったのでな、観光がてら娘に会いに行った帰りだ。太平洋各国のエアラインが飛ぶこのターミナルで、徴兵制がある国はうちくらいのもので、当然兵役経験者も多い。その中で私が最高位にあったとかで、たかだか陸軍少将で退役した私が、指揮官として祭り上げられた」

「私が起こした騒動のせいで、詰め腹を切らされた――」

「気にするな。私はお父上の薫陶を受けた一人だし、あの時の判断は今でも正しかったと思っている。後悔はない。指揮官だって？」

「はい。一個小隊率いていますが、とある部隊のナンバー2です。今、部隊がこのターミナルの周辺に展開中です。時間は掛かりますが、増援も来ます」

「そうか……。しかし、酷い格好だぞ、君は。我が陸軍士官学校を過去にない成績で首席で卒業するはずだった人間が……。言っても始まらんが」

柳将軍は、しかしほっとした顔でため息をついた。

「元気で何よりだ……。すまん。娘には内緒で別れてきたが、実は癌でな。余命宣告を受けている」

「お気の毒です。積もる話もありますが……」

「当然だ。ターミナルBと接続するアライバルの建物に、前線指揮所が設けてある。案内させるよ」

姜は、敬礼してから部屋を辞した。そして、背負っていたザックを一度降ろすと、ハイドレーション・パックを分離し、そこで唯一制服を着ている軍曹に、ポーチのエナジー・バーと一緒に手渡した。

「一・五リットルの高カロリー飲料です。将軍に、このエナジー・バーと一緒に五〇〇ミリ・リットル与えて、残る一リットルは病人に。ただし、高カロリーなので、糖尿病患者に飲ませる時は注意して下さい」

「そのことですが、インスリンの手配とか出来ませんか?」

「私の部隊は持っていないけれど、後続部隊のメディックはいつも持ち歩いています。どこかで補給を要請します。さ、前線に案内して!」

どこかから、ずっとクラシックのメドレーが聞こえてくる。下に降りながら、姜はようやく、それが生演奏だと気付いた。

ターミナルBのメイン建て屋かアメリカ合衆国運輸保安庁《TSA》のコントロール・エリアを抜けるが、LAXの巨大さを痛感させられる。これでもまだ空港の端なのだ。LAXのメイン・ターミナルは遥か東側だ。

姜は、案内してくれる若者にマグライトを預けながら、無線で部下を呼び出した。

「バレル、状況報告!」

「はい、一個分隊を二階道路に上げました。自分は一階の到着フロア外です。入り口はバリケードがあり、入れない様子です」

「了解。自分は中からそちらへ向かっています!」

一〇分以上、そこまで掛かった。バゲージ・クレーム、税関カウンターを通り、レンタカー・カウンター他がある広々とした空間へと出る。普段なら、旅行者を出迎える人々でごった返している空間だ。

姜は、マグライトを回収し、暗視ゴーグルを装着して歩いた。窓のあちこちにはすでに孔が開いている。敵がここまで攻めて来るのは時間の問題だった。

糞尿の臭い、そして、何かの油の臭いも立ちこめている。音楽は、なぜかここでもまだ聞こえてくる。時々、外に部下の姿が見えた。出入口が何カ所かあるらしいが、全てバリケードで塞がれていた。

その南側バリケードの内側に、何人かの男たちが固まって居た。軍服姿が確認できたが、戦闘服ではなく、普通の韓国陸軍の制服だった。だが、銃が二挺見えた。たぶんM‐4系列の銃だ。

姜は、そこまで案内してくれた若者に「ここまでで良いわ。気をつけて帰ってね」と告げた。いつ銃弾が飛び込んで来るかもわからない。一階部分は危険だった。

六人が、その中央のドア部分を囲んでいた。ロウソクではない何かランタン状の炎がバリケードのこちら側に置いてある。バリケードは、床から剝がした椅子を出鱈目に組み上げて作られていた。

姜の姿に気付いた男たちの何人かが軽く敬礼した。だが、制服姿の男は、目もくれずに背中を向けたまま、ガラスにピタリを額を付けて外を監視していた。

「指揮官でいらっしゃるかしら?」と姜は、その男の背中に問うた。

「さっき、グランドスタッフのウォーキートーキーで連絡を貰った……」

男は、ずっと外を睨んだまま喋った。大佐の階級章だった。

「覚えていないか? 柳将軍というのは、現役時代、部下に対して悪戯好きな上官として有名だった。たいがいはたわいのないサプライズで驚かす程度だったが、将軍がな、無線で最後に、ボソッと言うんだ。『そう言えば、君は姜彩夏と、どこかで一緒だったよな?』と。ぐうの音も出なかったね……」

姜は、雷にでも打たれたかのような衝撃で、全身を硬直させた。全身から血の気が退いた。確かに、あの人は悪戯好きだった!

「李承敏《リースンミン》！　なんで貴方がこんな所に！」

「おいおい、韓国軍軍人である私がここにいることには何の不思議もないだろう？　国を捨てた姜彩夏が、こんな所にいることこそ説明が必要じゃないか？」

　李承敏大佐はようやく、向き直った。

「チェハ……、酷い格好だぞ。一人で38度線を超えて殴り込みにでも行きそうな重装備だ。ましかし、ここ数日で最高のニュースだな。君がまだ中佐だなんて」

「説明しなさい！　ああ、なんだか、突然現れた過去の亡霊にぶん殴られている気分だわ」

「どの辺りから話そう？　たとえば、この曲何だっけ？」

「バッハの無伴奏チェロ曲よ。誰でも知っている！」

「そうそう、そういう無駄な教養をひけらかすところが君だよな」

「その前に、部下をこっちに入れます。このバリケードを退かすなりして」

「時間が掛かるから、北側に戻らせてくれ。そこに通用門を一カ所確保している。伍長！　北側の通用門に回って味方部隊を歓迎してくれ！」

　姜は、バレルに北側に回るよう無線で命じた。李承敏大佐はようやく、そのガラス張りの壁から離れてきちんと振り返った。そして、ランタンの微かな灯りのもとで、懐かしい士官学校同期のライバルを観察した。

「骨伝導マイクに、四眼の暗視ゴーグル。そしてＨｋ・416。それもカスタマイズ・モデル！　Ｍ32なんて陸自は装備してないだろう。例の部隊だな……」

「ノーコメントよ。幸い、まだ銃撃音は遠いみたいだし。最初から聞かせて。この音楽は何なのよ！」

「避難生活が長引き、些細なことで殴り合いを始めるし。それにこのドンパチだ。殺気立つ兵士が落ち着けるようなメロディをお願いした。そっちの知識は無いが、韓国が生んだ世界的なチェリストらしいぞ。彼らは、銃撃戦が近くまで及んでも演奏を止めないだろう。タイタニックと同じだ」

大佐は後ろに下がり、バリケードを組む予定で床から剝がした状態の椅子に腰を降ろした。

「その弾薬ベルトを降ろしたらどうだ？　五キロはありそうだ」

「一度降ろしたら担ぐのが厭になるから降ろさないことにしてます」

「そうだな……、まずここには、太平洋を囲む国際線路線に乗る予定だった避難民が三万人ほどいる。最多は、台湾人を含む中国人で八千名か。続いて日本人の六千、韓国人の五千、残りはシンガポール他の東南アジアに、オーストラリア他となる。ここには、政治、行政、軍の三つの自治組織が立ち上がっている。政治部門のトップは、オーストラリア政府の外務次官。大きな声では言えないが、白人だから、黙ってみんな従う。次に、各国領事館の外交官もここに派遣されたので、彼らが行政機関を立ち上げた。トップは日本外務省の一等書記官だ。そして、軍隊は、当然、韓国人男性はほぼ兵役経験者だから、韓国人である柳将軍にトップを務めてもらっている。実動は、私が責任者だ。陸軍参謀総長が交替して初のアメリカ詣でがあって、私は随行員として同行した」

「出世したのね？」

「うん。陸軍参謀本部作戦課長。だが、いつも皆から後ろ指を指される。同期でトップの昇進。ただし、姜彩夏を除いて——。きっと将軍になった時も言われることになるぞ。姜彩夏を除けば、同期で初の将官出世だと。で、航空便がタイトになり、いよいよLAXから飛ぶ最後の韓国行きになった時に、政府の指示で、病人と政治家、有名企業幹部に軍人が優先された。私は乗れなかったわけではないが、ここに残る避難民の監督が必要となり、少数の下士官と残った。たぶん、後日、新聞から叩かれるだろうな。国民を置き去りにして政治家や軍人が椅子を奪って逃げ帰ったと」

「貴方、貧乏くじを引くのが昔から得意だったわよね」

「上に立つ者の義務だ。君は違ったのか?」

「私は、女性士官としての義務を背負っていた」

「昔話はともかくとして、何しろ三万人もいる。脳外から心臓外科、精神科医から助産師、看護師まで、医療関係の人材は事欠かない。半導体、スマホ他のエンジニアは、携帯を弄って無線機に変えたし、化学関係のエンジニアは、香水からランタン用の油を作った。量子力学者が嘆いていたよ。自分の博士号はここでは役にも立たないと。配管業者もいて、トイレ問題の処理に当たってくれている。アメフト・チームに、プロ・オケが二つに、ジャズのビッグバンドまで。マジシャンはいたが、軽業師はいないな。バッテリー屋は、屋根のパネルから直接スマホを充電する配線と回路を作り直し、カウンセラーもいて、とにかく退屈はしない。この集団が、そのままどこかの惑星に連れ去られたとしても、それなりに文明社会を築いて人口を増やせるだろうと冗談が出るくらいだ。元兵士は多いが、ここにある銃は、空港警察から貰ったM-4四挺と、マガジンはほんの二本ずつだ」

「こんなバリケード、役には立たないわよ。敵はRPGも持っている。壁のガラスを割られたらそれで終わり」

「それも計算ずみだ。ガラス張りの所は、距離を離して障害物を置き、更に火炎瓶も用意して投げ付けられるようにしている。銃を預けるのは、マークスマンの経験がある元兵士に限定した。だが正直、もう駄目だと思った。滑走路を挟んだ南側から銃撃が始まったという情報を聞いた時には、てっきり対抗勢力が現れたのだと思った」

「いったい、彼らは何が目的なのよ？　人探しをロスアンゼルスの当局に求めているという話らしいけれど」

「それは、あくまでも、ここで大暴れする理由の一つに過ぎない。メイン・ターミナルから逃げてきた避難民の話だと、最初は、みんなメキシコのマフィアだろうと思ったらしい。ところが、話しているのはスペイン語とは微妙に違って、ポルトガル語だとわかり、ブラジルのカルテルだとわかった。避難民の中に、ＬＡの麻薬汚染状況を熱心に取材しているジャーナリストがいた。韓国系のオーストラリア人だ。彼から暇つぶしに聞いたのだが、長らく、アメリカ中西部の麻薬は、地理的にメキシコが主要産地だった。ところが昨今、ブラジルが勢力を伸ばしてきて、時々、メキシコ系とのいざこざも起こっていた。ブラジル系のカルテルは、この混乱を、ブラジル・カルテルの恐ろしさを住民に植え付け、メキシコ系を追い出す絶好の機会だと考えている。そういうことだろう。だから、私の見るところでは、メキシコ系は、この事態を黙って見ているようなことはしない。彼らは、反撃に現れるだろうと思った。互いにつぶし合ってくれれば言うことは無いが、そういう時には、だいたい大規模な付随被害が出る。それに、避難民は、旅行者にしても、国外脱出者にしても、それなりの金品を身につけている。略奪しに来るだろうと思って、その三万には静かにしてもらっている。もちろん乳飲み子もいるが、そこは母親同士でいろいろ融通してもらっている。行政部門の所に顔を出せば、必要な援助物資や病人のリストがある」

「それ、衛星電話とかで、どこかに伝えられているのではないの?」

「なかなか通じない。それとは別に、中国人避難民はやっかいだ。数はともかく、彼ら自体は大人しいが、解放軍が人質救出を名目に、軍隊を派遣することもあるだろう。それで、私は軍人だから理解するが、三万人もの避難民をここから脱出させる方法はないだろう? 外交官らとも話し合ったが、どう考えても、現状では、ここから北米を脱出するのは無理だ。滑走路はボロボロだし。港は遠いし」

「私は、ポイント・マグーから輸送機で発進して、空挺降下して今ここにいます。何もかも急で、そこまで考える余裕はなかった。でも、ちょっと難しい話よね。食料品をパラシュートで落とせても、逆は難しい。結婚した?」

「ああ。女房は釜山《プサン》市役所の観光課勤務で、日本語もペラペラだ。向こうの親との約束で、実は本宅は釜山にある。子供は二人。受験が近くてピリピリしているが、私は単身赴任なので余計な心配はせずに済む」

「私の旦那は、対馬市役所勤務で、東京出張所が長いけれど、たぶんどこかで奥さんと会っているわね」

「子供は?」

「考えもしなかった。表向きには、機会がなかったということにしてあるけれど、国を捨てて日本人となり、自衛隊に入った私が、子育てなんかでキャリアを捨てられないでしょう」

「変わらないな、そのプライドは。そういう下らないプライドが、君をいつもナンバーワンにしたんだよな……。それで……」

と李は一瞬、間を置いた。

「君は今……、幸せなのかい？」

姜は、冗談はよしてという顔でフッと笑った。

「ドル・ベースで言えば、貴方の方が給料は上よ」

「そんなはずはない。徴兵制軍隊の給料なんざ知れている」

「いえ。韓国経済はこの一〇年、右肩上がりだった。逆に日本経済は、この三〇年、ひたすら沈み続けて、手が付けられないほどまでに落ちぶれた。悲しいけれど事実よ。幸せかって？　……あの騒動で、軍人としてのキャリアをボロボロにされた当時の上官たちが、この光景を見たら絶句するわね」

姜小隊の部下らが全周を警戒しながら現れた。

「残念だけど、半島の言葉を喋れるのは私だけです。最近はもっぱら北京語しかやってないので」

「大きな声では言えないが、うちも最近、ようやく北京語の強化を始めたよ」

姜は、漆原に大佐を紹介し、まず本隊との無線回線を強化し、守備方法を大佐と話し合うよう命じた。自分は、行政組織のトップと面談して、必要なリストを貰ってくるからと。原田小隊がポイント・マグーを出発する前に、リストの確認だけしたかった。可能なら、重病人だけでもオスプレイに乗せて脱出させたい所だ。

それより何より、亡霊から距離を置かねばならなかった。忘れたはずのあれやこれやから、頭を冷やす時間も欲しかった。とうに捨て去ったつもりの記憶が怒濤のように蘇り、感情を揺さぶっていた。

原田小隊を乗せたC－2輸送機がポイント・マ

グー海軍基地に着陸すると、滑走路を半分も走らずに止まった。土門を乗せたまま〝エイミー〟はそこから発進し、南側のハンガー前のエプロンへと向かった。そこにコンテナ型指揮通信車両〝ベス〟が止まっていた。エイミーはその後部に横付けする。

土門より一寸先に降りたC・2が、誘導路を向かって来る所だった。

「〝メグ〟のセットアップを急がせろ!」

〝ベス〟の通信コンソールには、水機団の面々がすでに陣取っていた。

「なんだ? 君らの指揮所はまだ立ち上がっていないのか?」

「はい。申し訳ありません。米海軍側と、電源の貸し借りを巡って、ちと交渉の必要がありまして。天幕は張り終え、システムは起動しつつあります」

第3水陸機動連隊を率いる後藤正典一佐が、指揮コンソールの後ろに立ったまま答えた。

「別に出て行けとは言わんよ。車の用意もまだか……。まあ、ここは海軍だ。言語が違うからね。外務省はどこだ? 外務省は」

「お嬢様でしたら、外に。ヤキマでは問題無かった衛星携帯が、ここではなかなか通じないとぼやいてらして」

「そりゃ、ここは都市部だからな。利用者の桁が二つくらい違うだろう。こういう時、静止衛星なんて時代錯誤な代物を運用する自衛隊は有利だよな」

姜小隊のIT担当、リベットこと井伊《いい》翔《かける》一曹がメイン・コンソールのシートに座っていた。その隣には、新人隊員のケーツーこと峰《みね》沙也加《さやか》三曹が座っていた。

待田が峰と交替し、全てのシステムに運用者権限を与えるコマンドを打ち込んだ。

「そろそろ、それ貰える？」と井伊が待田に小声で聞いた。

「運用者権限を使う機会って無かったよね。リンク16はほら、いろいろとセキュリティが煩いから」

リンク16が立ち上がり、メイン・スクリーンに付近の情報が投影される。

「あら……」

と待田がその情報を見て呟いた。沖合すぐに、飛行物体が接近していた。

「これは何だ？　速度からするとヘリのようだが……」

「そうですね。たぶん中国海軍の直昇ヘリでしょう。レーダー情報は、味方のP-1哨戒機からです。うわっ……、後ろから近付いているのはたぶん、フランカー擬きだぞ……」

護衛する解放軍戦闘機のようだった。レーダーに映っているということは、ステルスのJ-35ではなく、J-11戦闘機だ。ステルスではないが、大量の武器を積める。だが、当然、味方のP-1にも護衛戦闘機が付いている。

「このヘリ部隊は、まっすぐここに向かってくるように見えるが、ここポイント・マグーの占領でも目指しているのか？」

「直ちに部隊を配置に就かせます！」

後藤と部下らが一斉にコンテナ車を飛び出して行った。

「しかし、こんな所を占領して何になるんですか？」

ハッチが開いて土門恵理子二等書記官が上がって来た。

「遅かったじゃないの！　ええと、まず、自衛隊の到着は確認したそうです。首の皮一枚でターミナルBの安全は確保されていると。姜さんとはまだ接触できていないみたい。それと、今接近しているヘリ部隊は、たぶん華人救出部隊よ」

「なんだ？　それ」

と父親は娘に問うた。

「LAXには邦人より多い数の中国人旅行者が避難している。自衛隊が部隊派遣するなら、当然中国も派遣するでしょう。陸戦隊か何かを」

「米政府に断りもなしにか？」

「米政府は今当事者能力を失っています。国際法上も通るかも知れないわよ。そんな無茶が」

「戦闘機まで付けてきて、無礼な奴らだ。こっちにまっすぐ向かっているんだぞ。残念だが、迎撃の準備をするしかない。ガル、ここには基地防空隊とかいないのか？」

「ここ、LAの隣ですからね。しかも海軍基地とは言え、実戦部隊がいるわけでもない。まさかこんな所に基地防空隊はいないでしょう。AESAレーダーを立ち上げます。〝メグ〟を〝ベス〟のカバー・エリアに移動させます。最初は汎用レーダー・モードで動かして敵を欺きます。いずれにせよ、スターストリークはレーザー誘導なので、視界が得られる場所に少し、移動する必要がありますが……」

「やれ！　海岸沿いに移動させろ。C - 2を離陸させて退避」

「はい。あと、レーダーの電力用に、発電機を一台外に出します」

「ねえ、あのヘリ部隊、ただ沖合のチャネル・アイランズを目標に飛んでいるだけじゃないの？」

と娘が指摘した。ポイント・マグーの沖合には、チャネル・アイランズの大きな島が二つ三つあった。基本的に、大陸から測っても、米空軍の防空識別圏内だ。

「ガル、戦闘機をロックオンできるか？」

「いやあ、ここからはまだ距離がありすぎます。それで、でもヘリはまもなくロックオンできます。それで、警告を与えることはできます。相手がレーダー警報装置の類いを搭載していればの話ですが」

「やるしかないだろう？」

「あの……、味方は多い方が良いと思うわよ？」

と娘が発言した。

「何の味方だ？」

「だからそのカルテルと戦うための味方です。領事館の意見では、襲ってくるカルテルはたぶんブラジルだけじゃない。なるべく早くに、滑走路の全てを障害物で塞いでほしいとのことです。誰彼と強行着陸してくる前に」

「なんでブラジルだけじゃないんだ？」

「LAXで、ひと暴れしたいのは、ブラジルだけじゃないからよ。ブラジルのカルテルが暴れ回っているという情報が伝われば、それを潰しに掛かる連中も出てくると」

「お前はいつから軍事作戦に口が出せるような身分になったんだ？」

「外務省ですから」

「一時間ちょっとで原田小隊もオスプレイで出し、二、三時間もあれば、水機団も出動できるだろう。オスプレイでピストン輸送もできる。アラスカ伝いに呼んだヘリ部隊も到着するだろう。そう心配は要らん。今以上の増援を出す必要がありそうか？」

と土門は待田に聞いた。

「空港周辺の監視まで手が回らない状況では何とも言えません。滑走路に障害物は置けても、誘導路も広いですからね。小型機なら、暗視装置とGPSナビで降りられるでしょう。ただし、現状では、原田小隊をオスプレイで送り込む以上のことは出来ません。敵の戦闘機が近くにいる以上、C‐2での空挺降下は危険です。オスプレイで内陸部を飛んでアプローチさせるのが当面の安全策でしょう。そして陸路から水機団の移動……、は車両待ちですね。C‐2でピストン輸送した自前の車両は数がまだ足りませんが」

「たとえばの話、中隊まるごとじゃなくて、二個小隊程度、海岸線沿いに向かわせられないか？」

「ここからサンタモニカの海岸線沿いに走って、マリブとかの超高級リゾート地を抜けて、LAのダウンタウンに入るまで六〇キロです。ここは強盗やら何やらの襲撃を受けて以前の面影はないが、たぶん避難民はどこかに潜んでいる。軍用車両が走ってきたら、皆助けを求めて道路を塞ぐでしょう。それをガン無視して、そこからLAXまでさらに一〇キロの幹線道路を走ることになりますが、ここも無法地帯です。LAXに到着する頃には、仮に無事でも、皆、弾を撃ち尽くしていることでしょう」

「納得したか？ たぶん二時間は姜小隊だけで支えてもらうことになる。ほんの二時間だ。何も起きやせん」

と父は娘に念押しした。娘は、泣きそうな顔をしていた。

「姜さんを早くうちの領事館職員と接触させて！ とにかく、撃墜は止めて下さい。ただ歩兵が乗っているだけのヘリを撃ち落としたら戦争になるわ」

「とっくに戦争になっている！」

娘は不機嫌な顔でコンテナ車を出て行った。

「お前達、どっちか〝メグ〟に移動した方がいいんじゃないのか？」

「時間がありません！ ここからリモートで動かします。ただし、あちらのAESAレーダーにも補助電源が必要なので時間が掛かります」

と待田が言った。

「ここの一基だけで十分だろう？　そもそもリンク16で見えているんだから」

「ええ。敵がわれわれを見逃してくれるならね。自分がフランカー擬きのパイロットだったら、われわれがAESAレーダーを使っているとわかった途端に対レーダー・ミサイルを撃ちます。今は、誘導爆弾だって、対レーダー・モードは普通に付いている時代です」

「ミサイルを全弾撃墜するために、対空ミサイル全弾は使えないぞ」

「そのための、AESAレーダー二基運用です。〝メグ〟と〝ベス〟が装備しているAESAレーダーは二基とも同じ仕様です。出力を弄ることで、双子の兄弟を演出できる。敵が対レーダー・ミサイルを撃ったら、位置偽装が出来ます」

ヘリの四機編隊が、サンタ・クルーズ島の影に入ってこちらのレーダーから消えた。解放軍としては、一応、ここが海軍基地だという認識はあるのだろう。

ポイント・マグー基地は、普通の航空レーダーすら動いていなかった。域内の停電のせいだった。基地の施設は、最小設備だけ自家発電装置で動かされている。管制塔に人はいたが、肝心のレーダーに火は入っていなかった。

空自は、前線管制部隊を入れると約束してくれたが、到着にはまだ時間が掛かりそうだった。

島影から抜け出たヘリ部隊は、ポイント・マグー沖四〇キロの海上、高度一〇〇〇フィートに姿を見せた。

遥か北方でそれを捕捉しているP‐1哨戒機は、接近する戦闘機に備えて後退に掛かっていた。それに代わって、E‐767AWACSが南下を始める。その護衛には、F‐2戦闘機の四機編隊が付いている。リンク16の情報には無いが、たぶん近くにはステルスのF‐35戦闘機も潜んでいるはずだ。迂闊な敵が近付くのを待ち構えている。

「レーダー、ペンシル・ビームでヘリ部隊を捕捉します。ちなみに、このレーダー波は、レイセオンのAN／MPQ‐64〝センチネル〟の波長を偽装しています。敵は、恐らくこれをNASAMSのレーダーだと誤認するはずです。地上発射型AMRAAMです」

「うちはなんでAMRAAMじゃないの？」

「AIM‐120って、意外にでかいんです。全長三六〇センチ超えで重量も一五〇キロ。相撲取り並みの重さです。あれ、戦闘機って、主翼に相撲取りを何人もぶら下げて飛んでいるようなものです。それに対して、スターストリークは半分の長さで重さは十分の一ですから。それだけ射程距離も短いですが。ロックオン・ビームを浴びせます！」

ヘリの編隊は、ロックオンされていることに気付いたらしく、しばらくして高度を徐々に下げ始めた。高度を下げながら、南へと針路を振った。恐らく、こちらは脅すだけでミサイルは撃ってこないと判断してのことだろう。

だが、逃げるだけでは無かった。二機のフランカー擬き戦闘機が向かってくる。フリーだ。ここポイント・マグーと、その二機の間に味方戦闘機はいなかった。距離はまだ三〇〇キロ近くも離れていたが。

「まだミサイルをぶっ放せる距離ではありません。たぶん射程距離に入るまで、三〇秒以上掛かります」

「ロックオンを継続せよ！　敵の出方を見たい」

六〇秒後、一機が撃ってきた。ミサイルを二発。

「たぶん、YJ‐91空対艦ミサイルですね。対レーダー・モードを持つ。〝神盾殺手《シェンドゥンシャーショウ》〟イージス艦キラーです」

「当たらないんだよな？」

「二発だからスターストリークで迎撃は可能です。システムをスタンバイさせますが、欺瞞で十分でしょう。〝メグ〟は今、滑走路の北側のテスト・エリア上、ここから一五〇〇メートル離れた場所にいます。すでにシステムをセットアップしています。ここから降りてもいいですよ。でもハンガー他をターゲットと誤認する恐れもありますから、どこが安全かは一概に言えません」

「そういうことは先に言え！　娘がいるんだぞ。孫の顔くらい拝ませろ！」

土門は一瞬、ハッチを開けて、「インカミング！みんな何かの影に入れ！」と怒鳴った。

待田は、ミサイルが洋上から接近してくる寸前に、〝ベス〟のAESAレーダーを入れた。そして、あたかも自分たちが移動しているかのように偽装した。

一発は、〝ベス〟に近い滑走路脇の空き地に着弾した。もう一発は、基地の隣の沼地に着弾した。最初の着弾の衝撃は大きかった。本来はイージス艦を沈めるためのミサイルだ。弾頭重量もそれなりだった。衝撃波が〝ベス〟の車体を揺らした。

待田は、二発目の着弾と同時に、二台のAESAレーダーを汎用レーダー・モードに入れた。殺られたふりをした。

二機の戦闘機はそれで満足したのか、やや沖合へとコースを取った。その姿はAWACSのレーダーに見えている。ヘリ部隊はLAX目指して南下を続けていた。

「タコマの空自指揮所に、きっちりお返ししてやれ！　と伝えろ」

待田は、原田小隊に、〝ジョー〟の弾薬庫から車載用のスタークストリーク・ミサイルを出して展開するよう指示した。脅威が去ったのかどうか自信がなかった。


サンフランシスコ沖でＡＷＡＣＳの護衛に当たっていたのは、Ｆ‐２戦闘機だけでは無かった。二機のＦ‐35Ａ戦闘機と、二機のＦ‐35Ｂ戦闘機がいた。

編隊長の阿木辰雄二佐と宮瀬茜一尉は、離陸したばかりでまだ燃料に余裕があった。二機に、Ｊ‐11艦上戦闘機の撃墜命令が下された。

アメリカ本土を攻撃すれば、必ず報復を受けるというリアルを伝える必要があった。

ほぼ真南へと飛んで敵戦闘機を追い掛ける。このすぐ近くに、敵の空母機動部隊のみならず、揚陸艦部隊まで存在するという事実は脅威だった。彼らを下がらせるためにも、沿岸部に接近する戦闘機を自由にさせてはならない。同盟国としての日本の意志を示す必要があった。

「バットマンよりコブラ、俺が仕掛ける。後ろを守ってくれ！」

編隊長機が一言告げると、速度と高度を上げ始めた。宮瀬機もやや遅れて続く。

背後にももう二機、三沢のＦ‐35Ａ型戦闘機が控えていたが、二人とは距離があった。空に上がってしまえば、Ａ型とＢ型の違いは、バルカン砲を装備しているか否かだ。

Ｊ‐11は、元はソヴィエト製のスホーイ‐27戦闘機。その戦闘機の発展型は代々、尾部にも空対空レーダーを装備している。その探知距離は、最低でも一〇〇キロはあるはずだ。

そのレーダー波はこちらでも捉えている。システムが脅威評価し、向こうには見えていないとわかってはいるものの、気持ちいいものではない。

何より、フランカー擬きの近くには、J-35戦闘機部隊が潜んでいるはずだ。

編隊長は、五〇キロまで接近してレーダーを入れた。直ちにロックオンして爆弾倉を開き、四発のAMRAAMミサイルを二機に対して発射した。

宮瀬は、一瞬、どういう戦法だ？　と思った。搭載している空対空ミサイルはAMRAAMの四発のみだ。新手が現れても戦う術は無い。

だが、四発のミサイルは奇妙な航跡を辿った。先に発射された二発のミサイルは、そのまま上昇しつつターゲットに真っ直ぐ向かって行く。だが後発の二発は、左右に膨らんだコースを取っていた。

なるほど……、と宮瀬は納得した。時間差攻撃。先発の二発は捜索レーダー兼囮だ。

J-11戦闘機二機が回避行動を取る。編隊長機はしばらくレーダーを入れたままだったが、J-11がこちらに機首を向ける途中でレーダーを切った。あとは、AMRAAM自身のレーダーによるまでだ。

J-11が、最初はジャミングで躱そうとし、最後はチャフ&フレアを断続的に発射し、さらに急降下で躱そうとした。

一発は外れた。もう一発は命中し、パイロットが脱出するのがわかった。そして、ここで遅れて到着したもう二発のミサイルが生きた。先発したミサイルのレーダー情報を受けてターゲットに向かっていたことで、真上から突っ込むAMRAAMは、ぎりぎりまで探知されずに済んだ。急降下に入ったJ-11戦闘機の背中を撃ち抜いた。パイロットの脱出は無かった。

良い作戦だと思ったが、敵のステルス戦闘機もまだ潜んでいるのにミサイルを全弾撃ち尽くすなんて無茶だと思った。編隊長機が陸へと向かってJ-

帰還コースに乗る。

案の定、追いかけて来る敵が現れた。J-35戦闘機のエンジン排気をEOTSのセンサーが捉える。だが一機だった。単機のはずはない。もう一機はどこだ?……。

しばらく迷ったが、宮瀬はええい……、とぼやきながらレーダーを入れた。ステルス機と言えども、背後は丸見えだ。レーダーを入れて、敵機の真後ろにいることをアピールした。

編隊長機を追う敵機から注意と時間を奪わねばならない。まず一発、AMRAAMを発射した。落下エネルギーを得るために、ミサイルはいったん上昇フェーズへと入る。

敵機が回避運動に入る。レーダー反応が徐々に薄れるが、EOTSではっきりと見えている。両者の距離は縮まりつつあった。微かだが、北米大陸の稜線が見えてくる。だが、どこにも灯りは無かった。すでにサンフランシスコは左翼やや後方のはずだ。

真正面はポイント・マグーだ。レーダーを消して、EOTSだけで敵を追うことにした。敵の僚機はどこだろう、と思った。だが警報は鳴らない。レーダー波も探知できなかった。

敵は、いったん入れたレーダーを消していた。良い度胸だ……。すると、敵も単機なのか?……。

長い洋上任務だ。運用できる戦闘機にも限界が出てくる。発艦準備に入って不具合が発生することも珍しくはなくなる。うちも似たようなものだ。

だが本当に一機か……。

再びレーダーを入れる。両者の距離が狭まったせいで、敵機の反応があった。すかさずAMRAAMを二発撃った。残るは一発。敵はまだ一発も撃っていない。

しかし、敵は奇妙な動きに出た。陸地へ向かっ

てミサイルを撃っていた。そうか……、重たいのだ。空対艦ミサイルの類いを抱いて機体が重たいのだ。ポイント・マグーへと撃っている。

そして身軽になった後、何発の空対空ミサイルを装備しているかだ。二発か、四発か。

敵機は、それからこちらのミサイルに向かってきた。アフターバーナーを焚いて向かってくる。

そして、AMRAAM二発が命中するかと思った瞬間、チャフ&フレアを発射して、一気に急降下に入った。二発とも呆気なく外れた。

「なんて奴だ！——」

今度は、こちらが狩られる側だった。姿勢を立て直した敵機が向かってくる。一対一の戦いだ。向こうは単機だ。間違い無い。

さてこちらはミサイル残り一発。向こうには最低でも二発の空対空ミサイルは残っているはずだ。

地上でも、その二発の対艦ミサイルは見えていた。

「対レーダー・モードじゃないですね……」

と待田が告げた。リンク16で捕捉しているが、こちらの汎用モードのレーダーに向かって真っ直ぐ飛んではいなかった。

「自分らより南を狙っています。たぶん、ここの基地施設を狙ってますね。〝北斗〟か何か、測位衛星データを頼りに飛んでいる。こちらで迎撃するしかありません」

「やれ、やれ！　撃ち落とせ——」

〝ベス〟の背中に装備されたスターストリーク・ミサイルのレーザー・ガイド・ビームがターゲットに狙いを付ける。交戦タイムはほんの僅かだ。ミサイルが相手では五秒も無かった。

まず、滑走路を挟んで反対側で〝ジョー〟の隣で地上展開されたスターストリーク・ミサイルが一発発射された。続いて、〝ベス〟の背中からも一発発射される。

二発のミサイルは、海岸線の波打ち際上空でそれぞれ撃破された。

それを発射したJ‐35戦闘機は、だが命中したか否かに構っている暇はなかった。

編隊長機が発艦直前に第二エンジンの不調で発艦を断念した後も、陶紅《タオホン》大尉は一人で飛び立ち、J‐11戦闘機の護衛任務に就いていた。護衛といっても、もしどこかで日本艦隊を発見したら、攻撃してよいことになっていた。そのため、重たい空対艦ミサイルを二発も抱いていた。

空戦に入るとわかってから二発のミサイルをまず捨てた。無駄にはならないだろう。ポイント・マグー基地のどこかに命中するはずだ。

そして、もう死んだ気になって二発のAMRAAMを躱した。こんな所で脱出して、暗い海に着水して漂流するのはご免だった。

さっき、J‐11戦闘機のパイロットが一人脱出したが、彼は助かるだろうか……。

だが今は、敵を叩き墜すことの方が優先だ。一対一。そして敵は空対空ミサイルが枯渇しつつある。

こちらはもう二撃は可能だった。絶対に、こちらが有利だ！

そう思って仕掛けようとした瞬間、前方、つまり敵機の背後からレーダー波を浴びせられた。新手だ。新手のF‐35が、こちらに警告を発してきたのだ。

この一機を叩き墜す自信はあった。向こうに最後のミサイルを撃たせて、こちらも丸裸になっても、こちらにはバルカン砲がある。それで格闘戦に持ち込んで叩き墜せば良い。

だが、その直後に、二機の敵機から追われる羽目になる。燃料も心細い。生きて還るのが最優先だ。機体を失って良いのは、自分も死ぬ時のみだ。

陶大尉は「次の機会にお預けね……」と呟きながら、反転し、沖合へと飛び去った。


宮瀬は、駆けつけてくれた応援のお陰で、自分が命拾いしたことを悟った。そうでなければ、敵はきっと格闘戦に持ち込んでバルカン砲で撃ってきた所だろう。一応、それも考えてはいた。その場合は、味方がいる陸上へ接近して、地上部隊の応援を得るつもりでいたが、この相手に通用したかどうかは疑問だった。いずれにせよ、命拾いした。

これも作戦のうちだと思った。二機が先行し、後続の二機が駆けつけるまで時間稼ぎすれば良いのだ。結果は、二機撃墜し、こちらに被撃墜はなかった。全員無事に帰れる。

喜ぶ気にはなれなかったが、戦術的には、日本側の勝利と言ってよかった。忸怩たる思いはあったが、結果的としては、日本側のワンサイド・ゲームだ……。

# 第七章　ターミナルB

姜二佐は、四階の免税店街へと戻った。商品の棚は見事に空で、そもそも棚も無い。バリケードに流用されたのだろう。もちろん人気《ひとけ》もなく、ただ弦楽四重奏の曲が聞こえてくるのみだ。ターミナルBは、ここからまだ西側にもう一つのターミナルも持つが、基本的には、南北両翼へと長いコンコースが伸びる直線構造になっている。

乳児の泣き声が聞こえてくるが、たぶん上のラウンジ・フロアからだろう。南コンコースへと向かうと、ここもありとあらゆるものを積み上げてバリケードが作ってあった。視界を妨げるほどだ。

姜は、緑色のケミカルライトを一本折って右手に持って近付いた。

バリケードの向こうから、何か小声で呼びかけてくる。最初は何を言っているのかわからなかったが、「ヤマ……」と呟いているようだった。「ヤマ……、ヤマ、ヤマ！」と段々声が大きくなる。

しばらくしてようやく姜は、その意味を理解した。〝山〟と〝川〟だ！　確かに、日本人でなければ理解できない。

「ああ！　ヤマね。ええと……、返事は〝カワ〟で良いのかしら？」

「はい！　オーケーです！」

ちょっと間延びした反応があり、バリケードの一部が撤去されて、人間一人通れるだけの空間が出来た。

そこを抜けると、右手にミニ・マグライトを持った長身の男性が待ち構えていた。白いワイシャツを着ているが、左腕の肘の辺りが赤く染まっていた。

「ロスアンゼルス総領事館の藤原兼人《ふじわらかねと》一等書記官です」

「ああ、北米局のホープで、外務省きってのイケメンというお噂の?」

と姜は応じた。暗闇で表情は良く見えなかったが、いわゆる公家顔だと恵理子からは聞いていた。

「何かの暗号みたいなお話ですね。きっと、若い書記官が無駄話でもしたのでしょう」

「はい。土門さんから聞いてます……」

と姜は自己紹介した。

「腕の怪我、大丈夫ですか?」

「ええまあ。ここには外科医も看護師もいますから。ただ、治療薬や包帯が切れた程度で。さっき、バリケードを補強しようと床から椅子を剝がしていた時にちょっと撥ねて……」

「包帯なら、私が持っています。ちょっと、治療しながらお話をお聞きしましょう。それとも、ナースを呼びますか?」

「いえ、本当にたいしたことはありません」

「同僚に、ちょっと煩いメディックがいるんです。士官ですけどね。素通りしたと知ったら後で私が非難されます」

避難民でごった返すゲートの、チェックイン・カウンターの向こう側へと藤原は案内した。乗客があちこちに座り、あるいは横になっているが、国籍まではよくわからなかった。だが、全員が男性だった。

そのカウンターの内側にキャリー・ケースを並

べた上に、ベニア板が置かれたテーブルが作ってあった。椅子代わりにもキャリー・ケースを使っている様子だった。

「ここは、ちょっと関係者というか、各国の領事館職員らで内密の話をする時に使っています。われわれの司令部は、もう二つ向こうの喫茶店に設けています」

姜は、両手のグローブを脱ぐと、救命キットを腰の後ろから取り出して、破れた袖部分を捲らせ、マグライトでしばらく照らした。縫うべきかどうかお医者の診断が欲しいところだが、原田が来るまでは持つだろう。結婚指輪がちらりと見えた。公家顔だと最初思ったが、そうでもない。確かに客観的に見てイケメンで、かなり良い男だ。

消毒してから迷彩柄の包帯を巻いた。手当てしながら、土門恵理子とヤキマからポイント・マグーまで一緒に飛んで来たことを報告した。

「ヤキマは、大変だったみたいですね」

「ええまあ。土門さんが後続の部隊で到着するだろうから、彼女から詳しく聞いて下さい。クインシーという小さな町の攻防で、戦死者三名を出しました」

「三人も？　お気の毒です。データ・サーバーの町ですね……。日本の有名IT企業も仲良く進出している」

「ニュースや情報の入手はどうやって？」

「衛星携帯は滅多に繋がりません。なので、乗客が持っている短波ラジオで、NHKやBBCとかですね。こちらの状況を本省に伝えたいのだが、なかなか上手くいかない」

「お急ぎなら、私のインカムで連絡できます。自衛隊の衛星回線に繋がっていますから。ここだけで三万人もいるんですか？」

「いえ。ここは二万にちょっと欠ける程度だと思います。病人やお年寄り、小さなお子さんがいるご家族連れは五階、六階のラウンジ・フロアに。あと、サテライトにも分散しています」

「中国人八千人もここですか？」

「それが、最初はここだったのですが、解放軍の戦闘機が航路を脅かしてシアトルからの避難機が飛べなくなったという情報が漏れ伝わってから、他の乗客との関係が悪化しまして、中国人避難民に食ってかかる他国の乗客が出て来た。中国総領事館の提案で、隣のサテライトに全員移動しました。サテライトというか、西ゲートですね。西側にもう一本、このターミナルBより少し小さいサテライトがある。ここからだと、地下道を数百メートル歩いて移動することになります」

「あれもターミナルですよね。それなりに大きい規模になる」

「そうですね。南北五〇〇メートルの長さはありますから。で、中国総領事館は、地下道に司令部を作って、東西の往き来をシャットダウンして立て籠もっている。昨日から、向こうの状況は全くわからなくなりました。ここでは、軍、政、行政の三機関が独立して立ち上がったが、向こうは、総領事館が全てを統べている感じです。

ただし、お互い、連絡要員は派遣し合っています。でも向こうからは何も協力要請はありません。医師や水、食料を含めて。食料は、ターミナルの備蓄倉庫にそれなりの量の非常食があったが、この数の避難民は想定していないので、お昼に配ったものが最後です。水もミネラル・ウォーターの類いはありません。断水するだろうと予測して、全員で手持ちのプラコップや何やらに溜めたものだけですね」

「あの音楽、ここでも聴こえるのね」

どこかから聞こえてくる生演奏は途切れること

は無かった。

「ああ、あれは、良いアイディアでしたね。日本のプロ・オケは、全米ツアーを終えて帰国途中にこの騒動に巻き込まれ、韓国のプロ・オケは、入国直後にLAXから出られなくなった。有名なソリストもいれば、ジャズのビッグバンドもいる。明るい時間帯は彼らが代わる代わる演奏してくれました。みんな、預けた楽器を回収するのが大変だったみたいですが、空港側が協力してくれた。暗くなってから、博士号持ちのカウンセラーと、クラシック好きな精神科医が話し合い、全ての人々を落ち着かせ、希望を抱かせるに相応しい曲目を選曲して演奏してもらっています。楽譜なしでも演奏できる、誰でも知っている曲目中心だそうです。失礼ですが、士官でいらっしゃいますよね？」

処置を終えた姜は、衛生キットを仕舞うと階級章を隠したベルクロを捲って見せた。

「二佐です。つまり中佐ですね」

「で、特殊部隊を率いている？　初耳ですね。陸自に女性が率いる特殊部隊があったなんて。土門君は、自衛隊の業務にやたら詳しくて、確かご実家は自衛隊だと聞いたような……」

「そうですの」と姜はすっとぼけた。

「では、行政の司令部にご案内します」

藤原は破れた袖を戻しながら腰を上げた。

「事前に私が知っておくべきことはありますか？」

「韓国、ベトナム、シンガポール他のASEAN各国にオーストラリア、ニュージーランドの領事館職員や、政府関係者が詰めているので、公用語は英語です。中国人のオブザーバーはまだ若い書記官なので、特に気を遣うことはありません。秘密にするようなこともないし。みんな、助けが来ないことを諦めている」

てくれたことでホッとするでしょう」

「トイレというか、あまり臭わないですね……」

「ああそれは、本が一冊書けますよ。たまたま乗客にいた、いろんな関係者が協力してくれました。まず換気扇に電気を回して、このフロアのトイレの空気を外に出せるようにしました。そこは当然あっという間に溢れたので、空港側と協議して、それに備えて整備エリアからオイル缶を用意しました。それをボーディング・ブリッジを降りた地上に数十個並べて、目隠しも自作し――乗客に大工さんがいました。それで、人数分のトイレも用意したつもりですが、まもなくそれも溢れます。オイル缶に残っていたオイルの臭いが結構強烈で、それで誤魔化せてもいますが。ここから避難出来なければ、食料と仮設トイレの空輸は急を要します」

南コンコースのほぼ中央付近に小さなピザ屋兼カクテル・バーがあった。その行政司令部の周辺には、男性しかいなかった。問題を避けるために、女性は南北コンコースの両端に、中央に家族連れを寝かせ、免税店寄りに成人男性を纏めたという話だった。

姜二佐は、FASTヘルメットを脱ぎ、髪を少し整えてから、そのマグライトで照らされた一角へと入った。テーブルを寄せて一つにしてある。ペーパーやパソコンが広げられているが、驚いたことに、それらのノート・パソコンは起動していた。一部は衛星携帯と繋ぐためのケーブルも、施設の窓際へと伸びていた。

お店のメニューボードが、ホワイトボード代わりに使われていた。姜は、そのマグライトが照らすボードの隣に立って敬礼した。

素人でも、一目見て特殊部隊だとわかる出で立ちだった。アサルト・ライフルに擲弾発射基、腰

にはピストル・ホルスターもあれば、バヨネットのごついホルスターもある。そしてFASTヘルメットの四眼ゴーグルは強烈な印象を与えた。

「まず、遅くなったことをお詫びします！」と姜は英語で話し始めた。

外からはまだ銃撃音が聞こえてくる。こちらは撃っていない。もっぱら滑走路を挟んだ空港南側との交戦のようだった。

「現在、私の部下、一個小隊が、このターミナルBを守って展開しています。敵の残存勢力がどのくらいか不明ですが、われわれで応戦できます。続いて、もう一個小隊が増援に入る予定ですが、時刻は不明です。恐らく一時間から二時間は掛かります。その時間、われわれで応戦できます。ご安心下さい」

「ここはもう大丈夫なのですか？」

とシンガポールの国旗のバッジを胸に付けた男性が聞いた。

「流れ弾が窓を割ることはあるでしょうが、暴徒や略奪者、カルテルだのマフィアがここまで来ることはありません。阻止出来ます。はい、安全です――」

姜が自信ありげに言うと、全員がほっと安堵のため息を漏らした。

「われわれの脱出プランはあるのですか？」とさらにシンガポール人が聞いた。

「皆さんは、政府関係者なので、ご理解頂けると思いますが、現状で、この数の避難民をここから脱出させる術はありません。これから検討することになりますが、皆さんを脱出させるより、食料を空輸する方がまだ簡単だろう、とだけ申し上げます」

「皆、本国政府にここの状況を報せたいのだが、衛星電話が通じない。術があったら協力して欲しい」

「私が持っているインカムは、衛星経由でポイント・マグーの海軍基地にある指揮所と繋がっています。そこ経由ということになりますが、データを日本に送り、そこから各国大使館へ伝えることは可能だと思います。ファイルを作って下されば、自分がアップロードします」

　と姜は、自分の左腕のタブレット端末を見せた。USBポートに、防水カバーが突っ込んであった。

「スターリンクもインマルサットも繋がらないのに、日本は全地球規模の軍事通信衛星を持っていたのか？」

「そんなお金はありません。優先使用権を買っている程度でしょう」

「皆さん！　中佐殿の手間が省けるよう、各国のファイルを一本に纏めましょう！　避難民名簿とその連絡先。医薬品を含む必要なもののリストは、私の方で纏めてあります」

　と藤原が提案した。

　姜は「中国総領事館の方はいらっしゃるかしら？」と北京語で聞いた。その輪の中の一番奥にいた若い女性が右手を挙げた。「自分です！」と北京語で応じた。

　姜は、その輪を抜けて部屋の奥へ、と言っても壁は無いが——、と入り、女性と対面した。丁度、恵理子と同じくらいのキャリアだろうと思った。

「蘇帥《スゥシュアイ》二等書記官です」

「ご苦労様です。ところで貴方、解放軍のヘリ部隊が接近しているのを知っている？」

「え？　貴方のような特殊部隊でも乗っているのですか？」

「たぶん、陸戦隊だと思うわ。空母機動部隊を発進したのでしょう。それを護衛している戦闘機が、ポイント・マグーにミサイルを撃ち込んできたので、交戦状態になりました。どっちが勝ったかは知りません。ポイント・マグーに被害が出たかも」

相手は、ああ！　という反応だった。

「……その部隊は、ここに向かっているわけですよね？」

「恐らく。まもなくどこかに着陸するはずです」

「領事館の方では、軍の動きは全く聞かされていません！　解放軍がシアトル沖にいるなら、陸戦隊を呼ぶべきだという意見は出ていましたが、そもそも陸戦隊が乗っているのか？　そういう部隊を艦隊で編成できるのかもわからなかったので……。でも、戦う相手は日本じゃないですよね？」

「さあ、どうかしら。ここの安全が確保されている以上は、介入して欲しくないというのが正直な所です」

「仮に、彼らが暴徒というかカルテル制圧に派遣されたとして、私は上司に何と言うべきですか？」

「そうねぇ……。ひとまず今は応援を借りる状況では無い。われわれは接触しない方がお互いのためだろうとでも。何より、アメリカ政府は決して快く思っていないとね」

「わかりました。ちょっと時間を下さい！　地下道を走って、上司に報告してきます！　部隊をどこかに留めるように求めます」

書記官がマグライトを握って駆け出した。ここから更に〝沖合〟のサテライトに中国人グループを追い出したのは、良いアイディアだと姜は思った。彼らは彼らで、中国国内のルールでやりくりしてくれるはずだ。ロジに関して、少なくとも公平に扱う必要は無いだろう。

姜は、しかしふと思い付いて、書記官を追い掛けて中央の免税店エリアへと抜けた。下へ降りようとする書記官を「ちょっと待って！」と呼び止め、ポーチからエナジーバーを一本出して手渡した。

「どこかでこっそり食べてからにしなさい。上司と話をするにもエネルギーは必要よ」

「すみません！　昨日の昼を食べたのが最後で……。遠慮無く頂きます！」

恵理子ちゃんとそっくりだな……、と姜は思った。西側の外交官らに囲まれて居心地も悪いだろうに、良くやっている。

士官学校を出た後、軍歴は諦めて、外交官になろうかと思った時期もあった。あの後、自衛隊に行かなければ、たぶんどこかで国連職員の採用試験でも受けていただろうと思った。

行政司令部に戻りながら、姜は漆原を呼び出して状況を聞いた。敵はまだこちら側に攻めてくる気配はないとのことだった。少し奇異な感じがした。少なめに見積もっても、敵はまだ五〇名から七〇名はいる。人質を取ったまま静かに立て籠もるような相手では無い。残る弾数を気にするような冷静さもないだろう。皆、クスリでハイになっている。何かに備えてのことだろうか？　と思った。

行政司令部に戻ると、藤原が、USBメモリを差し出した。

「各国の要請は、孫フォルダに。『LAX』と書かれたフォルダを本省に届けて下さい」

姜は、手首のタブレット端末の画面を蘇らせ、屋根に立つ福留のノードを通じて衛星通信が繋がっていることを確認した。そしてUSBメモリをタブレットに差してファイル送信した。さらに、ポイント・マグーの井伊を呼び出した。

「リベット、ファイル送信を確認して？」

「問題ありません、マム。本国に届いています」

「ハンターはもう到着したかしら？」

「はい。ただし、タクシーが遅れています。もうしばらく時間が掛かりそうです」

「了解。ここの皆さんがレスポンスを欲しがるだろうから、本省経由で、それぞれの本国政府から大使館職員や、避難民へのメッセージを催促するよう伝えて下さい。ブラックバーン、アウト——」

通信を終えると、姜はUSBを抜きながら、「そういうことでよろしいかしら？」と藤原に返した。

「すみません。余計なことまでお願いして」

「ところで、ここで一番位が高いのは、藤原さんなのですか？」

「いえ。中国の領事がいますが、こういう状況下でトップには立てないし、中国の次に避難民が多いということで私が」

「領事館というか、総領事はどちらに？」

「ご承知かどうか、外交官の夏休みは長くて……、今、南欧のどこかを御家族で旅行中のはずです。ナンバー2は、本省への報告がてら帰国して短い休暇中で、自分がここに」

「総領事館は無事なのですか？」

「ダウンタウン、リトル・トーキョーの端ですからね。そんなに治安は悪くない。最後に電話が繋がった時は、まだ現地雇用職員は無事でした。今はどうだか……」

「余裕があったら、ドローンを飛ばして上から覗いてみます」

「あの……、それで米政府というか、州軍はどこにいるのですか？」

「われわれも聞きたいですね。連絡が取れるのはもっぱら軍隊の末端で、ポイント・マグーに辿り着いてはみたものの、基地司令の権限を越える協力は出来ないみたいで、格納庫では、飛ばないヘリが埃をかぶっています。州兵は、そのダウンタウンやセントラルを守るので忙しいのではないかしらん。私は、パスポート・コントロールに指揮所を開設して増援部隊を待ちます。後で、連絡員をここに遣します」

「外の監視は大丈夫ですか？」

「空港エリア上空を常にスキャン・イーグルが旋回して、地上に関しては敵の移動は完璧に把握出来ます。問題は、解放軍でしょうね」

外から、ヘリのローター音が響いてくる。自分らが空挺降下したエリアに陸兵を降ろす様子だった。彼らは、中国人避難民がどこに固まって居るかも事前に報されているのだろう。あちらの大使館職員は、恐らく中国が自前で打ち上げた衛星無線装置を持っているに違いなかった。

韓国軍指揮所に同居させてもらうのが一番手っ取り早いし、戦術上妥当な判断だったが、それは避けたかった。

指揮車両の〝エイミー〟をCHで空輸してもらうべきかを考えた。この数の避難民、ポイント・マグーまで運ぶバスが確保できれば、そこから旅客機を飛ばせるが、一台に五〇人詰め込んだとして、二〇台編成のコンボイで千人しか運べない。三万人を移動させるためには三〇往復が必要になる。仮に、それが可能だとしても、次はメイン・ターミナルの避難民をどうするかという問題が出てくる。たぶんあちらには一〇万人を超える避難民が立て籠もっている。

数十名の銃創患者も発生しているはずだ。自分たちの責任や義務ではないとは言え、どうするのだろう……、と思った。

ルーカス・ブランク元UCLA法学部政治哲学教授は、マグカップを持ってうす暗い無線室へと入った。もとは医科大の教室だ。それを仕切って無線やコミュニティFMの放送局にしている。今は、FMラジオの出力を上げて、安全が確保されたエリアがどこまで広がっているかを広報していた。

ブランク教授は、その片隅の、無線機が積み上げられた一角を訪れ、猫背で椅子に座る青年というか少年の後ろに静かに現れた。

ヘッドホンをした無線マニアのケイレブ・ジャクソンは、熱心にメモを取っていて、ここのボスである〝ミラクル7〟ことブランク教授が後ろに現れたことにもしばらく気付かなかった。

「あ！　済みません。電気、点けますか？」

「いや、このままで良いよ。だが、暗がりでノートを付けるのは良くないな。眼を悪くするよ」

ケイレブは、ヘッドホンを外してテーブルの針金に引っかけてから上体を起こした。ノートにはびっしりと、聴き取ったコールサインや周波数、ニックネームや気付いたことなどがメモされていた。

「教授は、勉強する時、十分な灯りがありましたか？」

「無かったな。家の電気はしょっちゅう止まっていたし、図書館は白人で一杯だから近寄れないし、でも近所で、読み書きを教えてくれる先生がいた。だから、晩飯を食べたら、すぐ先生の家に直行していた。そういう向学心のある子供達が大勢集まっていたよ」

「そうだ……。ノヴァを寝かしつける時間だった」

「大丈夫だ。妹さんはもう上級生と一緒に寝た時間だろう。小学校は安全だ。昨日、私が言ったことを考えてくれたかね？」

「ええと……。大学のことでしたっけ？　教授、俺の名前は、〝ケイレブ・ジャクソン〟。アメリカ人なら誰でも、それを聞いただけで黒人だってわかりますよね。履歴書段階で撥ねられる。大学を出たところで、ろくな働き口はないでしょう。昔からママがずっと言っていた」

「おっと。これは、君の母親を説得するのが先だったかな」

「妹も、ママも、俺が働いて食わさなきゃならないんです！　高校だって、無駄なことばかりだ」

「まず、ママは体調を整えて働くべきだな。私がベトナムに行った頃、つまり戦争でな、ジャングルの中で一日中考えていたのは、大学に通うことだった。それで、自分の未来を切り拓くことだった」

「でも、大多数の黒人は未だに貧しいままですよね？　それどころか、白人も貧しいままだ。昔あったとかいうLA暴動とは違う。今度は白人も暴れ回っている」

「ああ、この国の政治は問題だらけだ。明らかに、昔より悪くなった。私たちの責任だ。だからと言って、クスリに逃げたり、略奪しても黒人が幸せになるわけじゃない。自分の道を切り拓く努力を諦めるべきじゃない」

「じゃあ、俺がバイト三昧で、奨学金という学生ローンも山ほど組んで、一日中睡眠不足で、たいして役にも立たない学歴を身につけるために大学に通っている間、妹はどうやって暮らすんですか？　ボールペンや靴も必要だし、昼飯は誰が食わせてくれるんですか？」

「そういう問題を一つ一つ解決するために、ソーシャル・ワーカーという仕事がある。君ほど弁が立てば、大学でも上手くやっていけるだろう。それに、物事に打ち込める性格は、研究向きだと思うぞ」

「学校が再開されたら、担任に相談してみます。

それで良いですか?」

ケイレブは、少しうんざりした感じで言った。

「もちろんだとも。でも前向きに考えるんだぞ。君たちの世代は私らより遥かに長生きすることになる。将来を見据えて計画を立てることだ。で、本題は、何だったかな?」

「ああ、それです。しばらく、気になる無線をワッチしてます。トラック・ドライバーのアマ無線ですけど。〝ジェロニモ〟を名乗っています。コール・サインはわからないけど、たぶん、ライセンスとしては、誰でも取れる〝テクニシャン〟ですね、持っているとしても。俺は、最上級の〝エクストラ〟ですが。トラック・ドライバーには、身バレを恐れてコール・サインを名乗らず、ニック・ネームだけでやりとりする連中が多い。それで、そのジェロニモが、〝カラコス将軍〟を名乗る奴と頻繁に無線交信しているのをワッチしたんです。内容はほとんどが符牒でのやりとりで解読が必要ですが」

「ジェロニモの交信相手が、ジェロニモ誕生のきっかけを作った残虐な将軍マリア・カラコスなのは、何か曰くありそうだな。どうして君は注意を惹かれたのかな?」

「それが、ジェロニモの声は一人なのに、カラコス将軍は何人もいるんです。それも男だったり女だったり。俺たちと同じです。話している相手は、個人じゃなく、何かの組織だとわかった。それで、しばらく注意して、そのジェロニモとのやりとりを聞いていました。彼はたぶん、トーランスやカーソンが本拠地のトラック・ドライバーですね。あの辺りの抜け道にかなり詳しいようです。どこが比較的安全でどこは避けろと仲間に指示している。たぶん、仕事場はロングビーチでしょう。あの港に陸揚げされるコンテナをあちこち運んでいる。

それで、ロングビーチで思い出したんです。エマ・ソーントンの記事を読んだことを。彼女の記事、学校の図書館にも貼ってあった……」

　ブランク教授の顔色が変わった。ブランクは、近くにあった椅子を引っ張ってきて少年の隣に座った。ケイレブは、閉じていたノート・パソコンを開いて、PDFを見せた。

「これ、彼女が書いていた記者ノートだそうですが……」

「そうだ。私も読んだ。残念だが、このノートの頁が埋まることは無かったがな」

「エマさんは、中絶クリニックの連続襲撃事件を追っていたんですよね？　でも最後は、ロングビーチ港に浮かんだ。警察は、岸壁を歩いていて運悪く落ちたのだろうと。ほら、白人だって今は酷い眼に遭うじゃないですか？」

「ああ、全くだ。われわれは、ヘイト・クライムによる暗殺だと訴えたが、警察は聞く耳を持たなかった」

「変ですよね？　彼女のことを全然知らないけれど、金持ちのお嬢様だったんでしょう？　なら、親が懸賞金とか出して真相究明に動くんじゃないですか？」

「普通はな。ところが、彼女の家は、プロテスタントの福音派で、もちろん中絶には大反対。それなのにエマは中絶支援グループの一人として行動し、それを妨害するグループを追っていた。だからご両親は、敢えてその犯人を捜そうとはしなかった。マスコミにもそう要請した。だからニュースとしての扱いも小さかった。彼女の死は、私の責任でもある。いいところの白人のお嬢様が、ちょっと目覚めたつもりで公民権運動ごっこをしているんだろう、程度にしか考えて無かった。彼女が妨害グループの取材をしていると聞いた時も、気を付けろ、くらいしか言えなかった。あそこで強く引き留めるべきだった。彼女の死は私の責任だ……」

「それで、彼女の記者ノートには、公民権運動に対する彼女のパッションというか、強い思い入れが書き留めてあって、その頁が、プリントされて、図書館に貼られていたことを思い出したんです。そのプリントは、余白部分まで忠実にプリントしてあったので、記憶にあった……」

ケイレブはそこまで頁を捲った。

「ほら、ここ……。余白部分に、ジェロニモ、ロングビーチと走り書きしてある。ところが、それが何を意味するのかまでは書いてない。たぶん彼女は、慌てていて、たまたま開いた頁に書き留めたのだと思いますが、そういう頁が一杯ありますよね。意味不明なワードが欄外に書き殴ってある。雑な性格というか……」

「いや、そうじゃないんだ。これは記者のテクニックの一つで、忘れてはならないが、自分一人にしかわからないよう、わざとそう書いている。そのノートが誰かに奪われた時のためにね。君は、このジェロニモと、さっきから聞いているジェロニモが同一人物だと思うのか？」

「そういうわけじゃないんですが、問題は喋っている相手です。この〝カラコス将軍〟を名乗るグループ。三角点測量では、ほぼ真北から聞こえてきます。けど真北じゃない。少し西に振れている。シアトルとかそっち方向。こういう連中が使っている無線機の出力を想定すると、短波無線機としてもかなり遠いです。カナダ国境くらいには離れている。それこそシアトルとかね。バトラーとかいう扇動者が破壊を呼びかけている辺りとやりとりしている。

でも教授、不思議なんですけど、俺って完全に99パーセントの側ですよね？　奴らが言っている99パーセントの戦いって、われわれ黒人の公民権運動とどこが違うんですか？　目指す所は同じでしょう？」

「ケイレブ！　全く君って奴は、ぜひ大学に行くべきだ！　昔から、共和党右派と民主党最左派の考えは似ている、近親憎悪だと批判されてきたが、実はたいした違いは無い。中絶を認めるか、同性愛を認めるかで激しく対立しているが、他は似たようなものだ。だが、バトラーとわれわれが決定的に違うところは、彼らは、それを破壊と混乱によって成就せよ、と訴えている。トランプのようにな。われわれはあくまでも平和的手段によってそれを成し遂げるのだ」

「独立宣言に署名した白人たちは、皆、善人だったのですか？」

「違うな。だが結局、人は何をなし得たかで評価が決まる」

「白人が書いた歴史ですよね？」

「黒人は黒人の歴史を紡げば良いさ。さっき来たFBIに耳打ちしておけば良かったな。ヘイト・クライムは彼らの案件だ」

「それで、実は教授に報せたかったのはその話ではなく、そのジェロニモの動きなんです。さっきからLAX、LAXと連呼している。99パーセントはLAXへ急げと呼びかけています。何でも、ブラジルのカルテルが空港を襲撃して暴れ回っているから、武装してLAX救援に急げ、集まれと……」

「なんてことだ……。奴らが呼びかけているのは救援じゃない！　便乗して破壊と殺戮を繰り広げろ、という意味だ。なるほど、奴らの〝セル〟は国中にいるな。だが、セルならこっちにもいるぞ。

まずは、ルイス中尉に警告を出さないと」

教授は、少年の肩を叩きながら起き上がった。

「良くやったケイレブ！　君は、この無線機で世界と繋がっているじゃないか？　ワッツの、こんなゴミ溜で人生を終えちゃ駄目だ！」

ＬＡＸの状況は落ち着いたと聞いていたのに……。思えば、バトラーがこの大混乱を見逃すはずがないな。迂闊だったと後悔した。

もちろん、ただのボランティア・グループに過ぎない自分らに、カルテルと戦う力はないし、その義務もないが……。ルイス中尉らもそろそろ弾切れを起こす頃だろうと思った。


戦闘が一段落し、銃声がほぼ収まると、ヘンリー・アライ巡査部長は、銃を両腕で抱えたまま、屋根を匍匐前進してルイス中尉のそばまで近寄った。そこいら中に空薬莢が落ちていた。


二人は、耳栓を外して暗闇の中で互いの無事を確認し合った。

「命中率はどんなもの？」

「こっちはカービン銃ですよ。残念ながら六割は外してますね……。弾がそのままターミナルに命中していると思うと冷や汗ものです。自分が撃った流れ弾で避難民が死んでいるかも知れない」

「私は、たぶん貴方が撃ち漏らした敵も撃っていると思うけど、命中率としては八割くらいね。痛みを感じないのか、ゾンビみたいに向かってくるバカもいるし」

「おかしいな。倒した敵の数が、ここを襲撃した人間の数と合わない。まだ百人近くの敵はいるはずですよ？」

「こちらを倒せないことを悟ったか、持久体制に入ったかではないの？　いつまでも撃ちまくっていたら、向こうだって弾は無くなる。ジャレット捜査官らは無事かしら？」

「ずっと見てましたけど、誰かが撃たれたような形跡はないですね。やはり消防車は硬い。謎の味方が優勢なら、われわれはここから下がっても良いような気がしますが？」

「そう思う？　もしその味方が優勢なら、とっくに敵の掃討に移っているわよ。それに、さっき降りてきた四機のヘリ。あれは明らかに解放軍のヘリよ。ローター音でわかる。もし解放軍が近くに展開しているとしたら、当然、国民保護を名目に部隊を派遣するでしょうね。米政府にはもう止める手立ては無い」

「でも、滑走路がこんな状態じゃ、その保護した避難民の脱出も出来ないですよね。空港一帯の安全まで一通り確保しないことには、滑走路を修復しても離着陸は出来ないし、もし仮に出来たとしたら、市内のあちこちで息を潜めている避難民がまた空港へと殺到することになる」

「そうね。私が心配しても始まらないけれど、それは滑走路が復旧して、離着陸が再開されたら、それはそれで新しい問題が起こるでしょうね。国外脱出しようとするLA市民が、パスポートを持って殺到することになる。それこそ、二〇二一年のカブール空港よ。避難民が、タイヤを支える脚にしがみつくことになる」

前方からまた人が走ってくるが、明らかに避難民だ。今でもちょっとずつ、避難民がメイン・ターミナルを脱出して走ってくる。時々、ターミナルの中から彼らを面白半分に撃っている敵がいたが、ルイスはそれらの敵も狙撃して倒していた。

アライ刑事が持つ、望遠スコープも無いM‐4カービンで暗闇で狙うには少し遠すぎた。

その屋根から八〇〇ヤード離れた二本の滑走路の真ん中では、消防の梯子車を盾にジャレット捜査官らが戦っていた。

ルーシー・チャン捜査官は、匍匐前進して梯子車の前に進み、自分がピストルで射殺した男に近付き、AKライフルとマガジンを回収して戻ってきた。ほんの二、三〇ヤードの距離だったが、一〇〇ヤードは這いずったような気がした。

二度目は、さらに気が滅入った。ほんの四〇ヤード前後だったが、さっきの放水で草地はずぶ濡れ。撃たれた男の血溜まりもあって、全身びしょ濡れだった。挙げ句に、男はまだ生きていた。息があった。ポルトガル語で何かを訴えていたが、どうすることも出来ない。

チャンは、その男からも強引に銃と弾を奪い、それを引きずって戻ってきた。

梯子車の車体下まで戻ってくると、チャン捜査官は、「ううっ……」と嗚咽した。

「訴えてやる！　あとで、司法省に訴えてやります！　無茶な任務を上官から命じられて命を危険に晒したと」

「すまん！　チャン捜査官。確かに危険な任務だったが、こちらは弾も減っている。私はご覧の通りの図体だし、オリバレス巡査長もアサルトの扱いには慣れてきたし、この三人の中で、誰が一番、その回収任務に相応しいかとなれば、一番小柄な君で、われわれ二人が援護位置に就くのがベストだと判断した。ここにヘンリーがいたら支持してくれたと思うぞ？」

「泣き言言ってどうすんのよ？　あんたＦＢＩに入った時から、この程度の危険は承知済みでしょう？　現場警官なんて、毎日のように、車のダッシュボードにピストル隠しているような奴らを職質しているのよ。毎日が命懸け、危険なんて日常よ」

オリバレスもジャレットの味方だった。

「このAK、一挺は私が貰いますからね！」

「ああ。構わんが、あまりお勧めしないな。AKはマズル・フラッシュが派手で狙い撃ちされるし、君の体格だと反動が大きいかも知れない。あくまでも予備だと思った方が良い」

「だいたい、自衛隊が来たなら、彼らに任せれば良いじゃないですか？」

一行は、消防士が持つウォーキートーキーで、自衛隊の到着を報されていた。彼らが陣取る場所からほんの一〇〇〇ヤードもない西ゲートの更に西、海側に、LA消防80分署があって、そこの隊員は一部がターミナルBに陣取っていた。

「彼らは、たぶん中国軍の相手もしなきゃならないのだと思うぞ」

ジャレットもオリバレス巡査も、タイヤを盾にし、アウトリガーで車高を維持する梯子車の下に這いつくばっていた。

「しかし、銃声はしばらく止んだ様子だし、そろそろここを引き揚げる潮時かも知れないな。われわれはたぶん使命を果たしたはずだ」

消防士の無線がガサゴソ鳴っていた。ターミナルBの韓国軍指揮所にいる仲間と繋がっているようだった。

「残念ですが、捜査官。新手の敵が現れるようです。カルテルと戦うと称して、兵隊を集めている連中がいます。トーランスやカーソンで人集めが進んでいるらしい」

「そこは、危険地帯なのかい？」

とジャレットはオリバレスに聞いた。

「トーランスはこのLAXからほんの六、七マイル南かしら。カーソンはその東隣で、その北がコンプトン、ワッツとなるわね。LAて所は、基本的にセントラルから南へ行けば行くほど治安が悪化するけれど、トーランスはそれほどでもないわね。確か住民の十分の一は日系人で、日本企業も何社も進出している。日本人学校もある。カーソンはLAで一番新しい自治体だったかしら。ここもアジア系が多くて黒人は少数派。基本的にヒスパニックの街よね。ここの治安回復はそんなに難しくないと思うわよ。ロングビーチから海軍だって上陸できるし」

「情報がターミナルBから届いたのであれば、自衛隊は当然把握しているだろう。われわれはしばらくここで待機するしかないな」

「服を洗って乾かしたいわ……」

とチャン捜査官がぼやいた。

「車の中に荷物はあるだろう。着替えるくらいの時間はあると思うぞ」

とジャレットが告げた。奇跡的というか、梯子車の後ろにピタリと付けていたNVパッセンジャーは、かすり傷ひとつ無かった。タイヤもウインドーも全て無事だった。

「すみませんがそうします」

チャン捜査官は、口の中で「やってらんない！」と毒づきながら車に乗り込んで着替え始めた。

075型揚陸艦〝海南《ハイナン》〟（四七〇〇〇トン）を飛び立った四機のヘリが着陸すると、海軍陸戦隊を率いる楊孝賢《ヤンシャオシェン》海軍中佐と一個小隊を指揮する張《チャン》旭光《シューグアン》海軍大尉は、四〇名近い部下を率いてLAXに降り立った。西ゲートに入って部隊を配置し、地下へと降り、長くて暗い廊下を数名の部下を連れて歩いていた。間違って撃たれないよう、ケミカル・ライトを数本点灯させて歩いていた。

「しかし、酷い臭いだな。まるで肥溜めの中を歩いているようだぞ」

「そうですか？　自分は田舎ものなので、たいして気にならないですね。まあでも、北米旅行できるような富裕層には耐えられんでしょうね」

「ああ。それを聞くと、ちょっと愉快な気分に浸れるな。いくらくらい掛かるんだろうな」

「確か、われわれの給料の半年分も使えば、ニューヨークまで行って帰ってこられるはずです。土産代は親族一同から巻き上げるとして」

地下道のほぼ中央付近に、テーブルを並べてバリケードが作ってある。誰に対するバリケードかと言えば、もちろん、西ゲートから東へ脱出しようとする同胞に対するバリケードだった。

自作したらしいランタンが何個か床に置いてあった。弱々しい炎が、疲れ切った領事館関係者らを照らしていた。

「揚陸艦〝海南〟陸戦隊隊長の楊孝賢海軍中佐です。そして、小隊長の張旭光大尉」

「ご苦労様です。自分が、ロスアンゼルス総領事の侯芸謀《ホウイーモウ》領事です。しかし、大型ヘリ四機で来たのでは？　一個小隊のみですか？」

「もちろん、非常食も僅かだが運んではきた。今隊員らが運んでいます。しかし、大型ヘリと言っても、航続距離は千キロも無い。部隊を満載して飛べるのはほんの五〇〇キロ。そして、われわれは艦隊から一千キロ以上を飛んできた。帰りの燃料を別のヘリで運ぶかどうか検討させたが、必要なことは、解放軍が同胞を救いに来たという事実を残すことなので、一個小隊強の人数を乗せた他は帰投する分の燃料タンクを機内に積んで発艦しました。何時間掛かったかな？　大尉」

「四時間弱掛かりましたね」

「そう。途中、どうしても米海軍基地に接近せねばならず、レーダーのロックオンも受けたが、戦闘機部隊が応戦してくれたはずです。いずれにせよ、われわれは到着しました。緊急時に間に合ったと考えて良いのですかな？」

「それは大変でしたな。自衛隊が先着して応戦してくれたお陰で、敵はいったん退去した様子です。向こうに派遣していたオブザーバーの職員が急ぎ報せに来てくれた」

領事は蘇師二等書記官を指し示した。

「その自衛隊というのは、いわゆる日本版海兵隊かな?」

「さあどうかしら……。女性の中佐で、格好は、何というか、皆さんとほとんど同じです。ごつい鉄砲を二挺も持ってました。ヘルメットには皆さんと同じように、双眼鏡みたいな暗視ゴーグルが付いていて、でも、二本ではなくて四本だったかしら。それと、それなりの北京語を話す士官でした!」

「ほう。それは興味深いな。最近、四眼ゴーグルは西側でも流行らないんだ。あまりに重たくてね。ま、自衛隊の特殊部隊なら、最近は皆北京語を学ぶよね」

「それでだね、自衛隊から意思表示があって、加勢は望まない。両者は接触しない方が良いだろうと」

領事がそう告げた。

「その暴徒が抑えられているのであれば、それで良いでしょう。われわれは別に自衛隊と一戦交えに来たわけではないし。一応、西ゲートを守れるよう地上に部隊を配置します」

「増援はともかく、物資の支援とかは期待していいのかな? 率直に言うが、わが艦隊の戦闘機が、シアトル沖で航空路を脅かしたせいで、北米から脱出する民航機が飛べなくなった。海軍には責任を取って欲しい」

領事は不快な顔で言った。

「申し訳無いですが、われわれはあくまでも陸戦隊なので、航空作戦に関する説明は一切聞いてません。ただ命じられたことをするまでです。補給は、出来るとすれば、艦船が搭載している乗組員用の非常食を細々と空輸するくらいでしょう。だが、ほとんどの艦艇はすでに一カ月洋上にあり、あれこれ提供できる状況にありません」

「八千人も抱えているんだぞ？　明日の今頃は、共食いでも始めかねない」

「申し訳無いが、それはそちらで解決してくれとしか。われわれは、無線連絡が付いて、すぐ地上で交戦できるよう、ターミナルBの近くに指揮所を開設することになります。諸外国代表団にはそう伝えてほしい。われわれは諸外国に構わないから、そちらも援助無用だと。あと、われわれの部隊規模に関しては、厳秘ということで」

領事は、蘇書記官に、彼らを案内するよう命じた後、ブツブツと口の中で文句を呟いた。

楊中佐は、構わず歩き出した。

「大変そうだね」と蘇に優しく話しかけた。

「ええ。でも、避難民の方がもっと大変です。航空路閉鎖と聞いて、他国の避難民から物を投げつけられた人もいたくらいで」

「その食い物とかは何とかならないの？」

「諸外国と言っても、シンガポールみたいな華人同胞国もいてくれます。どこかから食料を調達できるとしたら、中国人だけ排除することは出来ないだろうという雰囲気はあります。楽観は出来ませんが、私は期待しています。その自衛隊の士官を含めて、みんないい人達です」

「そういうことは、外交官同士で上手く纏めてほしいね。われわれは、武力を使うのが仕事だから」

「はい。もし彼女が同意するなら、一度、皆さんのもとに案内します」

「歓迎するよ。断る理由はない」

部隊長としては、敵が誰であるにせよ、中国人民同胞を守り、一戦交えて撃退したという事実を作りたかった。それが今後、対米交渉上も有利に運ぶ材料となる。

夜明けまではまだ時間がある。その機会はまだあるかも知れなかった。

# 第八章　秘密

姜二佐は、TSAコントロールの中に指揮所を開設し、衛星回線用のケーブルとスパイダー・アンテナを屋外へと引かせた。それで、スキャン・イーグルの映像もライブで見られるようになった。下の階から李承敏《リースンミン》大佐が上がって来て、「ちょっと？」と姜を端に誘った。

「そのスキャン・イーグルの端末、こっちにもくれよ？」

「ケーブルが無いわ。MANETを構築すれば、端末を貸すけれど、そこまですべきことなのかちょっと迷っているのよね」

「MAって、モバイル・アドホックなネットのことか？　たかが特殊部隊がそんなことまでするのか？」

「当たり前よ。これからの戦争はネットワーク戦争よ」

「自衛隊なんて、半世紀前のドクトリンと装備で回っているような所だろう？」

「そりゃまあ、一般部隊は金欠だからそうですけどね。いずれにしてもちょっと待って。作業には時間が掛かるわ。そんなことのためにわざわざ来たんじゃないわよね？」

「うちの指揮所には空港の消防隊員が詰めている。それで、空港南側で戦っていた連中の情報が入ってきた。ＦＢＩや市警が参加する、しかし基本的にはボランティア部隊だそうだ」

「それ、どういう意味よ。ＦＢＩの戦術部隊とかではないの？」

「違うらしい。たまたま生き残った連中らしいぞ。ただ、狙撃兵もいて、腕が良いことは間違い無い。で、そこからの情報だが、バトラーが、ＬＡＸに向けて99パーセントのボランティアを集めているらしい」

「まあ、クインシーを襲った連中も、ボランティアと言えばボランティアだったわよね。民兵集団よね？」

「ああ。規模はわからないが、カルテルが攻撃を止めたのは、奴らに備えるためだろうと」

「バトラーの正体は、元陸軍少佐にしてＵＣＬＡの準教授らしいから、当然、ＬＡには息の掛かった連中がいるわよね。つぶし合ってくれると良いけれど」

「その99パーセントがわれわれを攻撃してきたらどうするんだ？」

「もちろん、反撃して潰します。一人残らず」

「米市民だぞ？」

「その米市民に、仲間を殺されました。彼らは、秩序あるもの全てを憎悪して破壊しようとする。ただのホームグロウン・テロよ。治安が回復したら、いずれニュースになるだろうけれど、クインシーでは、Ｂ‐２爆撃機が絨毯爆撃して何千人も死にました」

「本当なのか？」

「ヤキマですらどんな状態だったか、貴方に見せたかったわ。でも、ということはしばらくメキシコ系は、忘れて良いということね？」

「それはそれであると覚悟した方が良いぞ。三つ巴でつぶし合ってくれるなんて都合の良いことはまず起こらないと考えて良い。増援はどうなっている？」

「オスプレイが間もなくポイント・マグーに着陸します」

「さっきもそれを聞いた……。覚えているか？　38度線演習。君は一個中隊を囮として突っ込ませて、戦死判定。中隊全員を無駄死にさせた。作戦は成功したが、大隊長は激怒していた」

「あら？　貴方が明後日の方角に歩兵を突っ込ませてヘマをしでかしたからでしょう？　私が尻拭いする羽目になった」

「覚えてない！——」

漆原曹長が現れ「失礼します、大佐——」と詫びてから、「MANET展開どうしましょう？」と姜に尋ねた。

「全員の無線は確保出来ている？」

「問題ありません。屋根のチェストともラインは確保できています」

「ではしばらく待ちましょう。新手の敵が迫っているそうです。99パーセントが」

「了解であります」

漆原が去ると、「指揮官姿が様になっているな。生き生きとしている」と李が誉めた。

「止してよ。私はずっと現場にいたんですから」

「俺は、参謀本部勤務が長くてな、現場部隊の指揮経験はほとんどない。張り切ってきびきび命令している連中を見ると、つい羨ましくなる。上官の椅子の磨き方だけは上手くなったが」

「お互い、それが目的だったわよね。自分の椅子を磨いてもらう側に回ることが」

「そうだな。振り返れば、あっという間だった。子供がいつ歩き出したかも覚えていない。気が付いたら、一人で走り回り、学校に通っていて……。

それで、そのグレネード・ランチャー、貸してくれるか？」

姜は、まあ仕方無いだろうと弾薬ベルトごとM32ランチャーを預けた。

「ランチャーは返してよ。それと、弾の種類を事前に確認するように。照明弾も入ってますから」

「こんな重たいのを、小隊長が担ぐなんて変だろう？」

「うちの伝統なんです。これを担げなくなったら、部隊から去るのが掟です。うちの狙撃手なんて、対物狙撃ライフルとアサルト二本も持ち歩くのよ。せめてアシスト・スーツが欲しいわ」

「じゃあ、有り難く借りていく。あと、ピストルとか余っていたら、借りてやってもいいが？」

「それ、現役組はともかく、もう民間人の元兵士たちが望むかしら？　後ろに下げておきなさい。われわれで十分対処できます」

李は、弾薬ベルトを肩に掛けると、笑顔で去って行った。昔からこの人の性格は変わらないなと姜は思った。

指揮所に戻り、「ねえ、ピストルくらい韓国軍に預けるべきだと思う？」と漆原に聞いた。

「自分は反対です。そもそも戦闘服どころか軍服すら着ていない者が大半です。そりゃ、韓国の法律では、非常時には、全員が再召集可能かも知れませんが、基本的には、皆ただの旅行者です。軍隊の真似事はさせられても、実際に戦闘行為に参加することは彼らも想定していないでしょう。われわれで支えるしかない」

「私も同感よ。自衛隊が武器援助を嫌がったということにすれば、角も立たないわよね」

輝度を落とした一〇インチ・モニターに、離陸したばかりのスキャン・イーグル02の映像が映し出された。その映像の端で、ようやく到着したオスプレイ二機が着陸する様子が捉えられていた。

まだ一時間は掛かりそうだった。

ヤキマ空港に設けられた〝北米邦人救難指揮所〟は、自衛隊機到着のラッシュアワーを迎えていた。まず、アリューシャン経由で飛んで来たV-22〝オスプレイ〟輸送機四機編隊がようやくヤキマに到着した。

その三〇分前には、ポイント・マグーへ向けてE-2D〝アドバンスド・ホークアイ〟早期警戒機が離陸したばかりだ。

そして、航路警戒の準備が整ったということで、シアトルから日本へ、避難民を満載した民航機四機が離陸したばかりだった。E-2C二機、AWACS二機が、アリューシャンより東側空域の航路警戒に当たっていた。護衛するのは、アラスカはエルメンドルフ空軍基地に展開するF-2戦闘機部隊と、F-35Aステルス戦闘機部隊だった。

C-2攻撃機〝ジャズム・ワン〟が離陸許可を待って誘導路上で待機していた。

「キャニスターは、C-130用の六発コンテナで、搭載しているミサイルは三発だそうです」

と統幕運用部海自出身の倉田良樹二佐が報告する。

「これ、なんでこんな中途半端な数なの？」と統幕運用部でここの指揮を執る三村香苗一佐が質した。

「統幕の話では、ミサイルのお値段もバカにならないから、搭載は三発にせよ、という命令があったみたいですね。そもそも、ロッキード・マーチンから、『そんなに気前よく撃って大丈夫か？』という話もあったそうで……」

「そんなの初耳よ？　彼らは商売なんだから、載せられるだけのミサイルを売るでしょう」

「この後、どこかで使い道があると思っているのかも知れません。フライト・プラン通りで良いですか？」

「ルグラン少佐、貴重な対地ミサイルですけれど、そちらでは不要かしら？」

三村は、カナダ国防軍オブザーバーのアイコ・ルグラン陸軍少佐に聞いた。

「はい。シアトルでは使い道はありません。われわれはスキャン・イーグルも持っていないので、この暗闇では、状況を俯瞰できない」

「ごめんさない。それ、今、太平洋を渡っている所です。LAの状況がこのまま落ち着くようなら、シアトル監視に飛ばします。良いわ！　ジャズム・ワンに離陸許可を出して、ポイント・マグーに、ジャズム・ワンが発進したことを伝えて。ただし、搭載ミサイルは三発のみだと。あと、ルグラン少佐、シアトル国際空港から避難機が飛び立つことを、バトラーのグループは快く思わないはずよ。それなりの衝突になると覚悟して下さいね」

「ここにいる水機団の協力は得られますか？」

「空輸手段はあるけれど……。ちょっと検討させます！」

三村は、陸自部隊のカリフォルニア展開は早すぎたような気がしていたが、統幕として何か考えでもあるのだろうと思うしかなかった。何かの手立てがないと、LAもシアトルも兵力不足で共倒れすることになる。


土門は、指揮車〝メグ〟に移動していた。水機団一個中隊を率いる後藤正典一佐と幕僚スタッフも詰めて、車内は立錐の余地も無かった。

外からは、オスプレイの羽音が近付いてくる。燃料給油の後、原田小隊を乗せてLAXへと飛ぶことになっていた。

スキャン・イーグル02が、ポイント・マグーを離陸し、海岸線沿いに飛んで南下していた。普段、風光明媚なエリアだ。車好きな日本人観光客が、レンタカーでドライブし、小洒落たホテルを泊まり歩くような、そんな場所だった。

だが、路上は酷い状況だった。あちこち死体や、放置車両が置き去りにされ、意図的なバリケードも作られている。恐らく、避難者を止めて略奪するのが目的だろう。

「これが何？　ハイウェイ1号線で奴なのか？」

「はい。ディスカバリー・ルートと呼ばれる奴ですね。一六〇キロの極上に素敵なドライブ・コースです。平和な時なら」

と待田が答えた。

「無理だな！　こりゃ絶対無理だ。明るい時間帯に、ブルドーザーを仕立てて掃除しつつ前進するしかないぞ。どうだ？　連隊長」

「はい。残念ですが、夜間の陸路移動は断念するしかありませんね。状況が悪すぎる。ただし、補給物資をLAに入れるためには、ここを啓開するしかありません。明るくなったら、その作業に取りかかりましょう」

「スキャン・イーグル01は、今どっちでコントロールしているんだ？」

「〝ベス〟に乗るリベットのコントロール下にあります」

「空港上空を出て、近郊の街を偵察させろ。02号機が到着するにはまだ時間が掛かるだろう」

ＬＡＸ上空を旋回飛行していたスキャン・イーグル01が、空港東側へと針路を取った。空港の南からも北からも、ヘッドライトを点した車列が続いていた。数十台だ。二〇台、三〇台という数では済まなかった。ピックアップ・トラックが多い。

それらは荷台に銃架があった。

「なんだ、こりゃ……。敵は南から来るんじゃなかったのか？　北から来る奴らもバトラーの指揮下なのか。これではクインシーの再現だぞ！　原田小隊に再度空挺装備を命令！」

「え？　どういうことですか？」

と待田が聞き返した。

「オスプレイは安全な所にしか降ろせないだろう。撃ち合いしている場所には降りられない。オスプレイから空挺降下だ。で、オスプレイは着陸しないまますぐ引き返して、水機団二個小隊を乗せて離陸、LAXの安全な場所へと降下、着陸する。それとな、ブラックバーンを、その中国軍部隊の指揮官の下に走らせろ。無線が通じる場所で、私が直接話す！　彼ら、どのくらいの数だったんだ？」

「着陸した時に数えました。各機に一〇名前後ですね。たぶん燃料タンクを積んでいたのでしょう。大型ヘリ四機でも四〇名いなかったと思います」

「まずは手数を確保するしかないぞ。ジャズム・ワンがどうのこうのとさっき言ってなかったか？」

「はい。ミサイル三発を装備してこちらに向かっています」

「なんで九発じゃないんだ？」

「クインシーでいきなり九発も使ったからでしょう」

「有効利用したじゃないか？　一発とて無駄撃ちしてないぞ。そもそも九発纏めてでしか撃てなかったのは武器システムの仕様であって、私のせいじゃない。これで味方に死人が出たら、統幕に責任を取ってもらうからな」

「とにかく！　今夜は使い道がないことを祈りましょう。ブラックバーンに連絡します」

カリフォルニア州軍にせよロスアンゼルス市警にせよ、LAXひとつ守れないのか？　ここはヤキマやクインシーみたいな地方じゃないぞ……、というのが待田の驚きだった。

「あの……、馬鹿げた提案なのですが……」

第1中隊長の鮫島拓郎《さめじまたくろう》二佐が発言の許可を求めた。

「発言は自由だ」

「空港には、まだその四機の直昇ヘリが待機しています。彼らは、空港の安全が確保されたと判断したら、その陸兵部隊を搭載して引き揚げるのでしょうが、もし、解放軍と共同戦線を組むのであれば、ヘリを借りられませんか？　帰還用燃料の提供を約束し、そのコースも追跡しないことを約束して。この距離なら、二個小隊は乗せられます。オスプレイで運ぶ部隊まで勘定に入れれば、中隊指揮所要員まで一回の輸送で運べます」

「へぇ……。それ行けるぞ！　よし、提案してみよう」


姜二佐は、ケミカル・ライトを腰に下げて歩いた。念のため、アサルトは指揮所に置いて出た。

解放軍指揮所は地下にあるらしいが、歩哨が一階部分に立っていた。指揮官と話したいと告げると、向こうもインカムで階下と連絡を取ってくれた。

現れた楊孝賢《ヤンシャオシエン》中佐は、「本当に女性指揮官なのか……」と驚いた様子だった。

姜は、ベルクロを捲って階級章を見せながら名乗りを上げた。

「うちの上官が無線に出ますが、もう少し窓際に寄りましょう」

と姜は北京語で話しながら移動を促した。

「貴方たち、アメリカへの侵略が目的なの？」

「まさか！　こんなドラッグ漬けの国を欲しいなんて誰も思わないだろう。ハリウッドはチャイナ・マネーで黙らせたし、デカップリングなんて怖くもない。敢えて欲しいものがあるとしたら、ロッキード・マーチンのステルス技術にスカンク・ワークスの秘密機設計技術と、ＧＥのスーパー・クルーズ・エンジンくらいのものだろう。自分たちは、陸戦隊としてただ揚陸艦に乗り込んだだけだ。敵前上陸する場所が、台湾か琉球かなんて直前まで聞かされない。ま、艦隊の緊張度から、いよいよ台湾か！　と身構えたけどね」

姜は、衛星無線とダイレクトに話せる場所まで歩くと、無線を開いた。こんなことならＭＡＮＥＴを展開させておくのだった。解放軍相手に自慢できたのに。

左腕のタブレットをスピーカーホンにした。

「こちらは、陸上自衛隊・特殊作戦群の土門だ。そちらの階級で言うと、少将だ。いや中将との間くらいかな。新手の敵がＬＡＸに接近しているのを知っているか？」

「今、ドローンを上げたばかりです。車両の接近は認識しています」

「まず、われわれは数で負けている。協力して戦うしかない。この提案を受け入れてくれるか？」

「将軍、貴方はポイント・マグーにいらっしゃるのですか？　だとしたら、われわれが乗ったヘリをレーダーでロックオンしたのは米軍ではなく貴方ですか？」

「そうだ。解放軍の行為は明白な領空侵犯だぞ。君らの戦闘機がお返しに空対地ミサイルを撃ち込んできたので、Ｊ‐11戦闘機二機を撃墜する羽目になった。が、それは今は問題では無い。空の話だ。そう考えるがどうかね？」

「そうですね……。われわれは大局的見地に立つべきだ。共同戦線に同意します。本来、自分程度の階級で決めてよいことだとは思わないが、本国に照会した所で、どうせ半日待たされるだけだ」

「有り難う。それで、もう一つ提案がある。これは少々厚かましい提案だが、共同戦線を組んでもまだ数が足りない。君たちが乗ってきた四機の直昇ヘリ、そもそもそこに置いておくのは危険だ。流れ弾が飛んでくる。ポイント・マグーから自衛隊の兵隊を運んでくれれば、われわれは、直昇ヘリに駐機場として基地を提供するし、帰りの燃料も提供する。そして、決してその帰還コースを追跡しないことを約束する」

「なるほど……。ヘリのパイロットとは、帰還コースが露呈するのは避けられない、艦隊に米軍を案内することになるという話はしていた。即答する必要がありますか？」

「ヘリに孔が開いてからでは遅いぞ？」

「わかりました。恐ろしくあり得ない話かも知れないが、ポイント・マグーに四機のヘリを飛ばします」

「有り難う中佐、感謝する。われわれは、夜が明けたらまた冷たい関係に戻るだろうが、それまでは、同盟軍だ。よろしく頼む――」

無線が切れると、楊中佐は、「あの発音はほとんど中国人だぞ！」と驚いた。

「そうですか？　中国人に言わせると、まだまだ上達の余地があるという話ですが」

「君らいったいいつから解放軍との戦争に備えてきたのだ？」

「尖閣問題が拗《こじ》れる前から……。いえ、ひょっとして東西冷戦が終わった頃かも知れませんね。自分が軍歴に就く遥か前」

「ま、北京語を習得するのは良いことだ。君らはすでに中華経済圏で暮らしている。第一外国語が、英語から北京語に入れ替わるだけの話だ。それで、具体的に、配置はどうすれば良い？」

「ブラジルのカルテルは、滑走路から現れたせいで、最初一階のアライバル・デッキに侵入し、そこに避難していた乗客を襲撃して暴れ回った。三階のデパッチャー・デッキにいた避難民は、警察が防戦している隙に、階下のエスカレーターや階段にバリケードを築いて、カルテルが上の階に上がってくるのを阻止した。なので、敵は一階にしかいない。ターミナルBを守った韓国軍も一階に陣取りました。

LAXは、あのアーチ型の有名なモニュメントが建つザ・テーマビルや管制塔、駐車場ビルを囲むように、メイン・ターミナルが出来ている。その内側に、二階建ての道路が沿って走っています。ワールド・ウェイね。従って、外からの襲撃者は、アライバル・デッキに向かうか、デパッチャー・デッキに上がるかを、空港入り口で選ぶことになる。99パーセントがどちらに向かうかはわからない。数としては、すでにカルテルが占領しているアライバル・デッキの方が敵が多いことになる。カルテルがどう出るかわからないけれど、仲良く共闘したりはしないでしょう。先に布陣した手前、われわれが引き続き、一階を守ります」

「それは駄目だ！　倒せる敵の数は多いに越したことはない。自衛隊より多くの敵を解放軍が倒したという実績が必要だ。現場レベルとしては、共同作戦に応じる条件として、それを要求する」

「どちらが楽かという話はしていないつもりですけれど？」

「もちろんわかっている。戦場では、誰が手柄を上げるかだろう？　われわれが一階に陣取る。その韓国軍とやらはどうすれば良い？」

「ほとんどは非武装です。銃も暗視ゴーグルもない。職業軍人を除いては安全な所に退避させて下さい。自分が彼らにそれを伝えておきます」

「よし！　それで決まりだ。私は部隊を配置に就かせて備える。しかしこれは、空港入り口で阻止した方が確実なのではないか？」

「どこまでを空港と捉えるかですが、厳密に言えば、空港東端までここから三、四千メートルはあります。滑走路真下を走ってメイン・ターミナルの東端に現れるジャンクションまででも一キロ以上はある。今から向かって布陣する時間はありません。とにかく、空港はどこでも広すぎる。実際は、街ひとつ分の面積を守るようなものですから。われわれは立て籠もって守るしかない」

姜は、韓国軍指揮所に立ち寄り、一階は解放軍海軍陸戦隊に委ねるので、韓国軍としては安全な場所まで下がるよう李大佐に伝えた。李は、制服の上から弾薬ベルトとM32ランチャーをたすき掛けした。まるでどこかでクーデターでも起こしたばかりの安っぽい独裁者のような出で立ちだった。

「それは命令か？」と李が聞くので、「あくまでも要請です」と姜は応じた。それからしばらく考えて、李を仲間から離して、小声で話した。

「貴方は職業軍人だけど、徴兵の軍歴があるというだけの今は民間人集団を、不必要な危険に晒す権限はないわよ？」と窘めた。

「それはそうだがな……。わかった。退避させる。上の階は任せるぞ」

姜はデパッチャー・デッキへと戻った。楊中佐の指摘は正しいと思った。これから道路を走って空港襲撃を企む敵に対しては、道路封鎖するなりして入り口で戦うのがベストだ。だが、ＬＡＸのジャンクションは複雑で巨大だった。その構造を今から把握して部隊を配置するのはとうてい無理だ。構造がシンプルな部分で応戦するしかない。

避難民の空港からの移動、補給物資の搬出を考えると、ジャンクションをミサイル攻撃で崩落させるわけにもいかないだろう。

暴徒が、クインシーのような万の規模に膨れ上がらないことを祈るしかなかった。だが、ここはLAだ……。絶望的な気分になった。

原田小隊を乗せたオスプレイ二機は、LAX北西からアプローチした。降下直前、真下を見下ろすと、四機の大型ヘリのローターが回っていた。

降下エリアの決定は機上で受け取るという慌ただしさだった。北側滑走路東端に降下し、北東角のターミナル1の避難民の安全をまず確保した後に、ターミナル東側に陣取り、メイン・ターミナル侵入を目論む暴徒を阻止することになった。

一個小隊では心許ないが、水機団が追って駆けつけることになっていた。原田小隊は、高度一〇〇〇フィートから降下し、滑走路右6エンドに静かに着陸した。暗視ゴーグルで空を見上げると、オスプレイ二機はすでに北西へと針路を取って引き返していた。

ターミナル1を背負って撃ちまくることになる。できればその前に、ターミナルに陣取る避難民を、隣のターミナル2に移動してもらうか、何か壁になるようなものがあるか確認する必要があった。だが恐らく、もうターミナル間を移動させている暇は無い。今いる場所で安全を確保してもらうしかなかった。

降下途中に、99パーセントの先遣隊が滑走路の真下を潜ってくるのが見えた。そして、部隊を参集する前に銃撃戦は始まっていた。

南側ターミナルとの撃ち合いになっている。原田は、姜を呼び出した。

「ハンターからブラックバーン――。たった今降下しました。状況を教えて下さい」

「ええと……、駐車場ビルに上ったカルテルが、いきなりRPGをぶっ放して、それがピックアップ・トラックに命中して車列を止めました。ターミナル2と3の間辺りで、駐車場ビルの陣取り合戦というか、撃ち合いになっています。そちらで、後続を足止め出来そうかしら?」

「数が多すぎる。カルテルの残存兵力は、遅かれ早かれ99に制圧されるでしょう。その後、彼らはここで何をするんですか?」

「作戦に何か疑問でも?」

「クインシーと違って、われわれが守るべきサーバーがあるわけじゃない。彼らが破壊すべきGAFAMの建物があるわけでもない。カルテルを倒したら、後退するんじゃないですか?」

「バトラーは、そんな甘ちゃんじゃないわ。混乱を極大化するために、避難民から略奪を始めるわよ」

「了解です。配置を急がせます。ハンター、アウト!――」


ポイント・マグー基地まで七〇キロ。オスプレイが水機団を運んで戻ってくるまで最短でも四〇分近くは掛かるだろう。解放軍ヘリで水機団の残存部隊が到着するまでは、更に三〇分は掛かる。そこまで支えるのはことだぞと原田は思った。

ジャレット、チャン、そしてオリバレス巡査長は梯子車の下から抜け出て、後尾に腰を下ろしていた。そして、ひたすら銃撃音に耐えていた。全員、ここアメリカで生まれ育った。銃撃音が聞こえるということは、どういう状況か良くわかっている。いつ流れ弾が飛んで来るかも知れないということだった。

カルテルはこちらに構っている暇は無さそうだ。しばらく意図的な攻撃はないと判断した。消防隊員は、NVパッセンジャーの後部座席に座って寝ていた。こんな状況下でも寝られるのは、さすがファイア・ファイターだと皆感心していた。

「われわれ、今が逃げ時だと思いませんか？　幸いSUVはまだ動く。一発も食らっていない。今の内だと思いますが……」

とチャン捜査官が提案した。

「われわれは法執行機関だ！　法を破る者がいれば、立ち向かう。われわれは、アメリカで戦う……。ワッツで戦う、LAXでも戦う。滑走路上でも戦う。決して屈することはない！——」

「いやそれね……、ニック。われわれ、目的があって、LAXに来たわけですよね？　それを見失っていると思いませんか？」

「ああ、そうだ。お二人さん——」

とオリバレスが割って入った。

「五分後生きているかどうか怪しいから、今の内に話しておくわ。あんたたちが追っているのは、下院議員のダニエル・パクでしょう？　実は、うちの署で、つい二年近く前に、彼の名前が出たことがあるのよ。DCで議会開催中だったと思うわ。うちでも週末だから、彼は選挙区に戻っていた。うちの管内で、深夜にレイプ未遂事件が発生して、たまたま現場近くをパトロール中だったパトカーが急行した。LAでは真っ昼間の公園でだってレイプ事件は起こる。それが未遂で終われば、警官はほんの五分事情聴取して、せいぜいパトカーで被害者を自宅まで送り届ける程度。ところが、そのパトカーには、たまたま、ルーシーみたいなやる気満々のルーキーが配属されていたの。新米女性警官」

「私、この半日ですっかり老けました！」

「そうよね。それで、普通なら見なかったことにするけれど、たまたまジョギング中の東洋人男性を捕まえて職務質問したの。迷惑な話よ。教える側のベテラン警官は、相手が東洋人なら別にトラブルにはならないだろうと思ったそうよ。彼は黒人警官だったけど。ところが相手は、テレビで見た顔だった。それがパク議員。うちの署には、韓国系の警官もいて、彼はパク議員の支持者というか熱烈なファンだった。それで、その話は変だということになったのよ。だってパク議員の自宅はコリアタウン。仮に政治活動でセントラルのホテルに泊まったとしても、セントラルからジョギングで走れるような場所じゃない。それで話としては、愛人の家でもうちの管内にあるんだろう。政治家のプライバシーだから、この件は忘れろ、と箝口令が敷かれた」

「それは興味深いね。君は警官としてどう思う？　彼がそのレイプ犯だと思うかい？」

「ほら、彼はトランスジェンダーを告白しているじゃない。それでもしそういう疑いを掛けるとしたら、LAPDとして、同性愛差別に加担することになりかねない。だから私たちは、そういうことは考えないことにしている。事件現場を通りかかっただけの人間を疑えないわよ。ただ、そのルーキーの報告では、被害者は、小柄な東洋人女性だったそうよ。私からは以上です」

「ああわかるよ。私のような巨漢でなくても襲えるという意味だな。その記録はどこかに残っているかな？」

「911への通報データはどこかにあるでしょうけれど、この停電ではデータも引っ張り出せないわね。ルーキーはまだ署にいるから、生きていれば、あとで連絡させるわ」

「ぜひ頼むよ」

「それで、撤収の話はなし？」とチャンが口を挟んだ。

「当然だ！　われわれはLAXの平和が回復されるまでここを死守する」

チャン捜査官は、自分もSUVでふて寝しようかしら……、と思った。

土門は、リンク16で送られてくるE‐2Dのレーダー映像を見ていた。レーダーの可視範囲ぎりぎりの南から、一機の旅客機が接近していた。反応と巡航速度から、737型機だという所まではわかった。

すでに水機団の面々は、車を降りて直昇ヘリの着陸を待っていた。

「これ、どこから飛んで来たのよ？　向かっているのはLAXだよな？」

「時間は掛かりますが、出発地ならいずれはわかります。マレーシア航空機行方不明事件で、エンジン・メーカーにデータを逐次アップロードしていたことはわかっていますから。ただし、北米製のエンジン搭載だと、時間は掛かるでしょうね。メーカーさんも電気は落ちているはずですから。衛星からのダウンリンクに支障も出ているだろうし」

と待田が答えた。

「今、わからなきゃ話にならない。またブラジルか、メキシコか？　少なくとも、滑走路に灯りがないことがわかっている、それもロスアンゼルスの空港に着陸しようなんていう避難機はないだろう。すると、これには武装したカルテルの兵士らが乗っていることになる。問題は、ブラジルかメキシコかのみだ。JASMM‐ERって、移動目標も狙えるんだよな？」

「ターミナル段階では赤外線イメージも使えます。問題は、ターゲットの速度に対応出来るかどうかですが、的がでかいから、行けるとは思います。それ、もし避難民が乗っていたらどうします？　二〇〇名の避難民が……」

「空港のアライバル・ゲートで、ウェルカム・ボードを持って武装した二〇〇名のテロリストを出迎えるのが得策だとは思えないぞ」

「乗っているのはテロリストだとは思いますけれど、どこかでハイジャックされただけの民航機が、何かの理由でＬＡＸに向かっているだけかも知れない」

「平時にハイジャックされたら、地上被害を防ぐために、撃墜命令は出せるよな？」

「欧米ではね。実際に撃墜されたケースは無かったはずですが。あら？……。変だぞこれ」

待田は、空港外を監視するスキャン・イーグル02の映像をズームアップした。ＬＡＸの東南方向すぐに、滑走路がもう一本あった。ホーソーン市営空港だった。ＬＡＸと平行滑走路を持つ、主にジェネアビと飛行訓練学校が使う飛行場だ。その飛行場脇に、ヘッドライトを点した車両が続々と集結しつつあった。すでに百台を超えているように見えた。

「これさ、あのワッツの端というか外れだよな？　また新手なのか。ここなら、ミサイルを三発全弾撃ち込んでも問題ないだろう」

「オーバーキルです。それに、まだ撃ってきてもいない。クインシーでだって、彼らが集結していたリゾート地への攻撃は計画しなかった。交戦法規をクリアしてません。却下です」

「じゃあ、どこまで来たらミサイルをぶち込んで良いんだ？」

「空港のフェンスを超えるとかじゃないですかね」

「オスプレイの水機団先発部隊は間に合うか……。気を付けてワッチしてくれ」

その飛行場北に集結した先頭の車両が動き出した。五台ずつの車列を組んで走り出した。だが、待田はこれまでとは違うことに気付いた。それを先導しているのは、赤色灯を回す消防車だった。

いったいこの連中は何だ……。


原田小隊の狙撃手、リザードこと田口芯太《たぐちしんた》二曹とヤンバルこと比嘉博実《ひがひろみ》三曹は、ターミナル1の屋根に登って陣地を確保し、お店を開いて狙撃準備していた。

ほんの三〇〇メートル向こうの管制塔から、窓を割って撃ち降ろしている連中がいた。暗闇で地上が見えないせいで、上から火炎瓶を投下して灯りを確保していた。

「ニードルは何で対処しないんだ？　奴の位置からならほんの六〇〇メートルだろう」

「呼び出しますか？」

「こっちで優先すべきターゲットがあるか？」

「いえ、ニードルにとって、管制塔の敵は脅威じゃないが、俺たちには脅威です。上から丸見えですからね」

「じゃあ、さっさと片付けよう。あとでどやしつけてやる！」

田口は、DSR‐1狙撃銃を用意しながら腹ばいになった。

結局、水機団一個小隊を乗せたオスプレイ二機が安全なランディング・ゾーンに降りる余裕はなかった。原田小隊が降下した同じ場所に着陸し、隊員を降ろすしか無かった。

原田は、ターミナル1の南壁に貼り付いていた。しばらく身動きが取れなかった。ここは奇妙な構造というか、セキュリティに配慮した作りになっている。

一見、城塞風の作りで、ボーディング・ブリッジが道路と空港を隔てる壁として作られていた。そのボーディング・ブリッジを越えないことには、視界ひとつ得られない。ワールド・ウェイには出られないのだ。そして、壁越えするとすぐ眼の前が道路。右手はもうターミナル1の出入口、のはずだった。

人間梯子を作ってブリッジの屋根を越え、向こう側に出たら目前にはもう敵だ。ブリッジの屋根と地上から撃ちまくるしか無かった。

車列が先頭から止まったことで、あっという間に渋滞し、敵がわらわらと路上に出てくる。敵というか、LAの住民だ。白人か黒人か、それとも他の有色人種かを区別はできない。暗視ゴーグルごしには一瞬でそこまで判断することはできない。

ナンバー2のファームこと畑友之《はたけともゆき》曹長が植木の影で駆け寄って来た。

「一階道路の敵はわれわれが阻止出来るが、二階道路からあちこち撃ち降ろされています！　奴らは、二階からターミナル1に押し入ろうとしている」

「数を減らす必要がある。このジャンクションには、今敵しかいないんだよね？　敵と言って良いか、LAの略奪者集団。オスプレイのRWSで掃討してもらおう。ジャンクションが的なら、跳弾もたいしたことないだろう」

「それしか無いですね。水機団が加勢に加わる前にどこかで敵を減らさないと」

原田は、待田を呼び出して、オスプレイによる掃討をリクエストした。いったん空港外の洋上へと退避していたオスプレイが戻って来る。

北側滑走路上空を低速で飛びながら、ランプドアに装備されたM134ミニ・ガン・ターレットの六本銃身のガトリング・ガンが唸りを上げて、制圧射撃を行った。

道路上に沿って激しい火花が散る。曳光弾が混じっているせいで、射線が綺麗に見えた。もちろん、跳弾は起こった。地面は固いコンクリートだ。跳弾した弾は、南側滑走路方向へと飛んでいく。激しい土煙も起こった。

「仕方無いな。これで、しばらくは時間が稼げるか……」

第3水機連第1中隊を率いる鮫島拓郎二佐と第2小隊長の榊真之介《さかきしんのすけ》一尉がブリッジを超えて現れた。

「オスプレイの制圧射撃は凄まじいな……。それで状況は？」

「一階道路の敵は、どうせ駐車場でカルテルとつぶし合ってくれるが、後続が絶える気配は無い。二階道路は今オスプレイで掃討したが、ここも後続はありです。ここは狭すぎる！　自分らは、ターミナル1と2に入り、侵入した敵を掃討しますので、ここをお願いします！　遮蔽物がほとんどないので、きつい戦いになりますが……」

「全く酷い場所だ」

「南側道路から壁越えで侵入する敵に注意を。榊小隊長。貴方の幸運が続いていることを祈っていますよ」

榊はそれには答えず、「眼の前の駐車場ビルを占拠しましょう！」と提案した。

「そうだな。それしか手は無さそうだ。だがこのビル。敵に対しては出城だぞ……」

「ええ、中隊長。でも一番安全確実な出城です！　車止めは防弾壁にもなるし、階段と出入口さえ抑えれば防備は鉄壁です」

「よし！　全員道路を渡れ！　後続が入るまでここを支える！」

戦術としては妥当な作戦だ。ジャンクションを見渡せるこの駐車場ビルを上から下まで占拠して陣地化できれば、応戦は楽になる。ただし問題は、弾がそれで足りるかだ。それに敵には重機関銃も

あった。

原田は、一個分隊にターミナル2の制圧を命ずると、自分はターミナル1のアライバル・デッキへと入った。

遠くからグレネード弾の連続爆発音が聞こえてくる。あんなにバカスカ撃って姜小隊は大丈夫だろうか？　と原田は一瞬心配した。

待田は、東から現れた新手の敵が、南側滑走路の東端外のアビエーション・ブルーバードに入って来るのを監視していた。

先頭を走っている大型消防車が、突然路肩を外れ、フェンスに突っ込んで押し倒して破壊した。破壊した先はもう滑走路だった。

「ミサイルを撃て！　撃て。今の内だぞ……」と土門が怒鳴った。

「何か変だ……。それより、旅客機ですよ。たぶんGPSナビで着陸しようとしているが、南側滑走路上にはカルテルの737やビジネス・ジェットが擱座したまま。すぐ脇には梯子車もいる。そうだ！　梯子車の影に陣取る味方を退避させないと！」

待田は、姜小隊指揮所経由でそれを伝えた。間に合えば良いが……。

ジャレット捜査官のチームは、今度こそ脱出するしかなくなった。チャン捜査官は、一瞬西側の洋上に視線をやって驚いた。

航空障害灯を点滅する旅客機が降りて来る。もう目と鼻の先に降りて来ていた。

「ギャー！　急いで。急いでエンジン掛けて！」

「運転は君の役だぞ！」

と助手席に乗り込むジャレットが応じた。幸い、エンジンは一発で掛かった。

ああ神様！　日本車に感謝します……。

アクセルを目一杯踏み込んで急発進する。滑走路を渡ってひたすら遠ざかろうと急いだ。あっという間に巨大な黒い影が背後を飛び去る。さっきまで陣取っていた梯子車を、まずエンジンが引っかけた。そして次の瞬間には悲劇が起こっていた。

滑走路を外れて擱座していた737型機に突っ込み、機体は火だるまになり、擱座した機体を巻き添えにしながら滑走路上を転がった。

周囲が煌々と明るくなる。これまで全く見えなかった空港の全貌がそれで見えた。そこいら中に死体が転がっているのがわかった。

チャン捜査官は滑走路が見えるよう車を止めた。このまま逃げるしか無かった。こちらに勝ち目がある戦いではない。

「ヘンリーとルイス中尉を拾って逃げますからね！」

後部座席から、消防士がウォーキートーキーをジャレットに差し出した。ブランク教授の、老いた、しかし決意と張りのある声だった。

「ジャレット捜査官、遅くなって済まない。本物の民兵部隊を率いて来た。われわれこそが本当の99パーセント。ナインティ・ナインだ！　この国を分断する敵を駆逐する――」

ヘッドライトを点した車列が、南側ターミナルのエプロン側エリアへと続々と乗り付け、武装した者たちが降りて来る。ただのギャング団にしか見えなかったが、たぶんあの人のことだ。ギャング団を手懐けたのだろう。自衛隊部隊に急ぎ警告しなければとジャレットは思った。

待田は、ほっとため息を漏らした後、全部隊に警告した。一見ギャング団としか思えない、主に黒人の武装集団が現れるが、彼らは味方であるから引き金を引く前に、慎重に判断せよ。全員、左腕に白い包帯を巻いていると報告した。

「あれさ……、ミサイル九発とか積んでいたら、とっくにお見舞いしていたよな？」と土門が言った。

「そうですね。たいして考えもせずに攻撃していたかも知れません」

「あの737には誰が乗っていたんだ？」

「残骸から武器が回収されれば、どこかの国のカルテルだとわかるでしょう。子供や女性の遺骨が出たら、避難民ということになる。いずれにしても、われわれの責任ではありません」

それから二〇分後、直昇ヘリ四機に乗った中隊本隊が到着した頃には、銃撃戦はあらかた勝負が付いていた。ブラジルのカルテルは潰滅し、99％は、ブランク教授の部隊を、仲間による誘導だと勘違いして、空港から撤退して行った。

ジェロニモを称する無線の呼びかけには、ケイレブ少年が、有効な電波妨害を掛け続けた。ジェロニモの扇動が、仲間に届くことはなかった。少なくとも夜明けまでは。

姜二佐は、解放軍兵士に呼ばれてアライバル・デッキに降りた。上の階の戦闘も酷いものだったが、幸い、敵同士で潰し合ってくれた。

楊中佐が、アライバル・デッキを出たシャトル・バス乗り場で待っていた。韓国軍兵士に囲まれて、李大佐が地面に横たわっていた。全身に、たぶん一〇発以上の弾を浴びていたが、右手にはまだM32ランチャーを握っていた。

「すまない。われわれの責任だ。若い兵隊がへまをして飛び出した。敵の銃弾が集中し始めた所に、彼が飛び出して応戦し、かつ、的になってくれた……。韓国軍大佐が、解放軍兵士のために、何の義理もないのにな……」

「ええ。たぶん、そういう性格の人だったのでしょう」

姜は、顔色ひとつ変えずにそう言った。バカな奴……。損するとわかっていて引き受ける。

「M32は君たちのものだろう？　あとで綺麗にして引き渡すよ。だが遺体は、そちらで引き取ってくれ」

「そうですね。そちらの犠牲は？」

「戦死三名、重傷三名。この激しい銃撃戦にしては良く戦ったよ」

姜は、心ここにあらずでその場を離れた。

夜が明けるまでの間に、負傷した避難民たちの救護活動が続けられた。重症者は、ブランク教授の部隊が手配した救急車に乗せられて空港を後にした。

土門は、ヤキマから到着したオスプレイに娘と乗り、LAXへと入った。空港北西エリアで、撤収する楊中佐を待ち構えた。すでに燃料補給を終えた直昇ヘリ四機が待機していた。

「ご苦労だった、中佐」

「見事な部隊ですね。ところで、航空路の件ですが、本国政府に強く意見具申しました。自分には政治力があるわけではないが、LAXからシアトルを経由してアリューシャンへと抜ける航路に関して、中国政府として完璧なる安全を保証するそうです。ここの状況の酷さに、ようやく重い腰を上げる気になったらしい」

「それは有り難い。感謝するよ」

「しかし、もし次に、貴方の部隊と遭遇する機会があったら、敵同士でしょうな」

「そうだな。また共に戦うというわけにはいかないだろう」

「われわれは手強いですよ。昔の解放軍とは違う」

「いやぁ、解放軍を侮ったことなど一度もないさ。そもそもわれわれは、その昔、八路軍に痛い目に遭っている」

「追跡しないというのは本当ですか？」

「私はそう上に要請した。だがまあ、ステルス戦闘機はこっそりと後ろに付くだろうな。君らだって、それをステルス戦闘機で出迎えることになる」

土門は笑いながら応じた。二人は、格式張った敬礼を交わして別れた。

土門恵理子二等書記官は、父親に先立ってターミナルに入り、TSAエリアで人待ちした。下から、中国総領事館の蘇帥《スウシュアイ》二等書記官が上がって来た。二人は物陰で、手を取り合って互いの無事を喜んだ。

「心配したのよ！　シュアイ」

と恵理子は早口の北京語で喋った。

「こっちこそよ！　貴方ヤキマなんて所にいると聞いたから」

「で、首尾は？」

「問題ない。シンガポール人が持っている衛星携帯で連絡しました。その時だけ運良く繋がって、『自衛隊は接近するヘリ部隊を攻撃はしない』と報告しました。領事の秘密情報として。領事には言い含めてあります。チャイナタウンで暮らし愛人の存在をバラされたくなければ、一生黙っていろと。足は付かないわ。でも、あの解放軍部隊、役に立ったの？」

「もちろんよ！　自衛隊の話では、彼らがいなければ、自衛隊は総崩れだったろうと。われわれは正しいことをしたのよ。でも、これが上司の知る所になったら、貴方はスパイ罪で投獄、私はクビだから、ここを一歩出たら、お互い敵同士として振る舞いましょうね」

「もちろんよ。日中両国の若手外交官が謀を企んで解放軍を北米に展開させただなんて、墓場まで持って行かないと！」

二人はそこで別れて、蘇は下へ。恵理子は、原田小隊を率いて現れた父親と共に、コンコースの行政司令部へと上がった。

土門が、藤原一等書記官に、遅くなったことを詫びた。藤原は、二人を見比べて、「親子でいらっしゃいますか？」

「ええまあ。似てないと言われますが」

「いえ、似てますよ！　そっくりだ。お嬢様の八面六臂の活躍がなければ――」

外はうっすらと夜明けを迎えていた。恵理子が藤原の怪我を見て、キャー！　と悲鳴を上げた。

「メディーック！　早く」

「いや、大丈夫だから。姜二佐に包帯を巻いてもらったから。それに、ここには何人も外科医がいるし」

「いいえ！　原田さん。早く！」

原田は、マグライトの光を包帯の上から当てて見た。

「浸潤はないみたいですね。体液とか漏れていないから大丈夫でしょう。この包帯は解かない方が良い。ただ念のため、あとで抗生物質を飲んで下さい」

「えっと、私は韓国軍の指揮官に挨拶してきます。上のラウンジで良いのかな？」と父親が割り込んできた。

「はい。部下に案内させます」

土門は、「ちょっと来い」と娘の腕を引っ張ってその場を離れた。

「なんだ？　あの男は？」

「え？……。あ、嫌だ。あの人、妻帯者よ。奥様は条約局の同期で、今からもう、事務次官の時期になったら、どっちが譲るんだろうねと噂になっているベスト・カップルよ」

「ふーん……」

と父親は思い切り固い表情で鼻を鳴らした。

「外務省って所は、昔から不倫は文化って役所だよな？」

「まあそれは、人間のすることですからね……」

土門は、姜二佐を伴ってラウンジへと上った。

田口と比嘉が、その様子を離れた所から見守っていた。

「あれ、ヤバイっすよね。スゲー、イケメンじゃないですか？」

「外務省は文字通りの公家集団だからなぁ、良い所のお坊ちゃまなんだろう」

「あれ、恵理子ちゃんの眼、尋常じゃなかったたっす。父親が警戒するのもわかる」

「そうかぁ。別に変わった所は無かったけどなぁ。いろいろあった後での同僚との再会だから、感情的な部分はあったんじゃないか？」

「いやいや……」

「放っておけよ。そうでなくてもあの子には、物騒な小姑が何十人もいるんだぞ。監視されていると知ったら、気が滅入るだろう」

「でもね、恵理子ちゃんがぐちゃぐちゃの不倫劇を起こすとしたら、それで一番精神的ダメージを受けるのは、孫の顔を待ち望んでいる父親っすよ？　そのダメージは、仕事にくる。あの人、鬱になって老け込み、俺たちに当たり散らすようになる」

「……それは考えなかったな。困るぞ。孫の写真をデスクに飾って一日中、でれでれしている上官殿でなきゃ困る。今の内に殺っちまうか？」

「それが良い。階段の上で首へし折って、疲労で階段から転げ落ちたことにしましょう。恵理子ちゃんは若い。あっという間に立ち直るし、父親もほっとするでしょう！」

姜二佐は、土門を連れてラウンジに上がると、意外な光景を目の当たりにした。指揮を執っていた柳輝昭《ユフィソ》陸軍退役少将がソファに横たわっていた。激しい戦闘が起こっている最中に、眠るように息を引き取ったとのことだった。土門は、しばらく人払いするようその場の士官に頼んだ。

三人になると、姜はその場に跪いて将軍の頬を撫でた。

「末期癌だったそうです。娘さんがコロラドスプリングスにいるそうなので、ご遺体は、そちらに届けるのが良いでしょう」

「そうだな。将軍が、日本語が流ちょうなのを知っているか？」

「そうなのですか？　初耳です。というか、隊長は柳将軍のことをご存じなのですか？」

「私はよく知らない。だが先代とは仲が良かったらしい。もう言って良いだろう……。君には話さないという約束だったが。君がうちに来たのは、司馬さんがそのガッツに惚れてスカウトしたからということになっているが、事実は違う。例の士官学校首席卒すり替えを巡って青瓦台《チョンワデ》まで巻き込む騒動を起こして、韓国陸軍に居場所がなかった君のことを、柳将軍が心配して、先代に引き取ってくれないか？　と相談したことが切っ掛けだ。才能はピカイチだから、必ず役に立つ。韓日同盟の架け橋にもなるからと。実際に法務省とかに手を回したのは私だがな。下にいる――」

土門は、姜の反応を待たずにラウンジを出た。

朝日が東の地平線を染める頃、南側滑走路上には、様々な武器が転がっていた。737型機が、武装集団を乗せていたことは明らかだった。

一晩耐えたチャンは、アライ刑事と再会し、人目もはばからずに抱き合い、互いの唇を貪った。まだ暗い時間帯なら、二人はそのまま物陰でセックスしていたことだろう。

ジャレット捜査官は、ブランク教授と共にNVパッセンジャーの最後部座席に座っていた。

ブランク教授が、一冊の取材ノートを手渡した。

「FBIに頼みがある。われわれの仲間だった、あるジャーナリストの死を捜査してほしい。護岸から落ちて水死したことになっている。彼女の取材ノートと、死亡時の短い記事のコピーを挟んでおいた。ここで〝99〟を煽ったジェロニモを名乗る人物が関与しているらしい。彼はロングビーチを拠点とするトレーラーのドライバーらしいが、それ以上のことはわからない。われわれはヘイト・クライムによる暗殺だとみている」

ジャレットはノートをパラパラと捲った。

「……知的レベルは高く、幼い頃から厳しい躾を受けている。実家は裕福だが、おざなりな捜査で終わったということは、家は福音派ですね」

「そうだ。あと、ついでと言っては何だが、巡査長の家までは、そこそこ治安回復できている。娘さんは、通っている小学校で安全に保護されていることを確認ずみだ」

「ご自分で伝えれば良いのに」

「いやぁ、君の手柄にしておくよ。体制に恩を売るのは実に楽しいな!」

教授が車を降りると、オリバレス、チャン、アライ刑事が車に乗り込む。ルイス中尉が顔を出し、アライ刑事に「お礼にこれをプレゼントするわ」とM24狙撃銃と弾薬ケースを後部座席のチャン捜査官に預けた。

「有り難く頂戴します。リリーにもよろしくお伝え下さい」

「そうね。お気を付けて。道のりは長いし、この治安も、まあせいぜい日没までよね」

助手席でシートベルトを締めるジャレット捜査官が、ハンドルを握るアライ刑事に向かって「ヘンリー、その、顔中の口紅を拭いた方が良いぞ?」と注意した。

「え!――」アライ刑事とチャン捜査官が同時に呻いた。

「冗談だ。さあ行こう!　われわれ法執行機関の一日は長いぞ!」

すでに滑走路の掃除と復旧工事が始まっていた。州兵も警官もいないが、ボランティアのみでどうにか空港の治安を維持するという話だった。

# エピローグ

シアトル某所――。

支援者と代わる代わる握手を交わして記念写真を撮っていたバトラーことフレッド・マイヤーズのもとに、ＬＡＸで部隊が壊滅したという報せがもたらされた。

しばらく撮影会を中断し、バトラーは、苛立たしげに椅子を蹴った。

「クインシーでもあと一歩だった。ＬＡＸもそれなりに種を蒔いたのに、いつも後一歩で何者かに妨害される。いったい、われわれは誰と戦っているのだ！」

護衛として彼のそばに立つ〝スキニー・スポッター〟ことジュリエット・モーガンは、まあ、そうそうあんたの好き勝手には回らないわよね……、と胸の内で漏らした。

こんな俗物の好きにさせてたまるものかと思った。

姜二佐は、そばに置いてあったボックス・ティッシュであふれ出た涙を拭い、コンパクトを出して、その跡を隠そうとした。

李大佐に付き従っていた制服姿の軍曹が現れ、画面が起動した状態のスマホを手渡した。何かあったら、姜に渡すようにと。動画メッセージには四桁の暗証番号が掛けてあるが、彼女はそれを知っていると。

遺族に渡す必要があるので、スマホは返してくれとのことだった。

「彩夏」とタイトルされた動画が埋め込んであった。四桁の暗証番号は、彼女の誕生日だった。昔から、二人でそう決めていた。

ランタンの灯りを元に、李が外の様子を窺いながら静かに喋っている動画だった。背景に、まだチェロの独奏が流れていた。だが姜には、その曲目が何なのかわからなかった。

チェハ、君がこれを見ているということは、俺は、君より先に出世して、遂に将軍様になったということだ。准将じゃなく、少将くらいにはして欲しいね。さすがにここまで来ると、姜彩夏を除いて——なんて陰口をたたく同期もいないだろう。

あの時、起きた混乱は、最終的には、俺の責任だ。女が首席で卒業は拙いだろう、と馬鹿なことを言う上官らに反抗できなかった俺の責任だ。

君を守ってやれなかったことをずっと恥じていた。本当だぞ……。だが、親父が将軍様の君と違って、何の後ろ盾もなく士官学校に入った俺に、上が決めたことに反抗する度胸は無かった。ただおろおろするだけだった。

君が幸せだと知って、ほっとしている。俺たちは、ここまで辿り着いてみれば、割と平凡な人生だったな。あの頃は、もっと大きな何か、成功とか、幸せがあるものだと思っていた。二人の本当の関係が今日まで秘密として守られたことは愉快痛快だな。あの頃、バレていたら、同期のトップと二番目が揃って放校処分だった。思えば随分と無茶なことをしでかしたものだ。

でも俺たちは、あのまま付き合っても上手く行ったかなぁ……。

俺は家族を愛している。家族には、良い父親であった記憶だけを残したい。だから、この動画は忘れずに消してくれよ。

いつか、旦那を連れて釜山を訪れてくれ。韓国は成長したが、いろいろ歪みも生まれている。子供達は茨の道を歩むことになるだろう。それに寄り添えないのが残念だ。ああ、心配するな。家族宛には、何度も撮り直した遺言が残してある。

時々、家族の様子を確かめてほしい。君が見守ってくれるなら安心だ。勘違いするなよ？　妻を愛している。だが、君との想い出は特別だ。最高な人生を生きてくれ！　俺と関わり合った全ての人々に、それを望む――。


〈四巻へ続く〉

ご感想・ご意見は
下記中央公論新社住所、または
e-mail：cnovels@chuko.co.jpまで
お送りください。

C★NOVELS

アメリカ陥落《かんらく》3
――全米抵抗運動《レジスタンス》

2023年12月25日　初版発行

著　者　大石《おおいし》　英司《えいじ》

発行者　安部　順一

発行所　中央公論新社
〒100-8152　東京都千代田区大手町1-7-1
電話　販売 03-5299-1730　編集 03-5299-1930
URL https://www.chuko.co.jp/

ＤＴＰ　平面惑星

印　刷　三晃印刷（本文）
大熊整美堂（カバー・表紙）

製　本　小泉製本


Published by CHUOKORON-SHINSHA, INC.
Printed in Japan　ISBN978-4-12-501474-6 C0293

# 台湾侵攻 7
**首都侵攻**

大石英司

時を同じくして、土門率いる水機団と“サイレント・コア”部隊、そして人民解放軍の空挺兵が台湾に降り立った。戦闘の焦点は台北近郊、少年烈士団が詰める桃園国際空港エリアへ——！

ISBN978-4-12-501458-6 C0293　1000円　カバーイラスト　安田忠幸

# 台湾侵攻 8
**戦争の犬たち**

大石英司

奇妙な膠着状態を見せる新竹地区にサイレント・コア原田小隊が到着、その頃、少年烈士団が詰める桃園国際空港には、中国の傭兵部隊がＡＩ制御の新たな殺人兵器を投入しようとしていた……

ISBN978-4-12-501460-9 C0293　1000円　カバーイラスト　安田忠幸

# 台湾侵攻 9
**ドローン戦争**

大石英司

中国人民解放軍が作りだした人工雲は、日台両軍を未曽有の混乱に陥れた。そのさなかに送り込まれた第３梯団を水際で迎え撃つため、陸海空で文字どおり〝五里霧中〟の死闘が始まる！

ISBN978-4-12-501462-3 C0293　1000円　カバーイラスト　安田忠幸

# 台湾侵攻10
**絶対防衛線**

大石英司

ついに台湾上陸を果たした中国の第３梯団。解放軍を止める絶対防衛線を定め、台湾軍と自衛隊、“サイレント・コア”部隊が総力戦に臨む！　大いなる犠牲を経て、台湾は平和を取り戻せるか！

ISBN978-4-12-501464-7 C0293　1000円　カバーイラスト　安田忠幸

表示価格には税を含みません

## パラドックス戦争　上
**デフコン3**

大石英司

逮捕直後に犯人が死亡する不可解な連続通り魔事件。核保有国を震わせる核兵器の異常挙動。そして二一世紀末の火星で発見された正体不明の遺跡……。謎が謎を呼ぶ怒濤のＳＦ開幕！

ISBN978-4-12-501466-1 C0293　1000円

カバーイラスト　安田忠幸

## パラドックス戦争　下
**ドゥームズデイ**

大石英司

正体不明のＡＩコロッサスが仕掛ける核の脅威！乗っ取られたＮＧＡＤを追うべく、米ペンタゴンのM·Aはサイレント·コア部隊と共闘するが……。世界を狂わせるパラドックスの謎を追え！

ISBN978-4-12-501467-8 C0293　1000円

カバーイラスト　安田忠幸

## アメリカ陥落 1
**異常気象**

大石英司

アメリカ分断を招きかねない“大陪審”の判決前夜。テキサスの田舎町を襲った竜巻の爪痕から、異様な死体が見つかった……迫真の新シリーズ、堂々開幕！

ISBN978-4-12-501471-5 C0293　1100円

カバーイラスト　安田忠幸

## アメリカ陥落 2
**大暴動**

大石英司

ワシントン州中部、人口八千人の小さな町クインシー。ＧＡＦＡＭ始め、世界中のデータ・センターがあるこの町に、数千の暴徒が迫っていた——某勢力の煽動の下、クインシーの戦い、開戦！

ISBN978-4-12-501472-2 C0293　1100円

カバーイラスト　安田忠幸